AF379799

# Trece sombras

Gemma Herrero Virto



ISBN: 978-1532908996

Título: Trece sombras
Autor: Gemma Herrero Virto

www.gemmaherrerovirto.es
Facebook: https://www.facebook.com/gemmaherrerovirto2
Twitter: @Idaean

Diseño de cubierta: Gemma Herrero Virto

Copyright de la presente edición: © 2014 Gemma Herrero Virto
ISBN: 978-1532908996
Fecha de publicación: 11 de Diciembre de 2014

# ÍNDICE

# 1. Al otro lado de la verja

Las gruesas verjas de hierro se cierran a mi espalda. Por un momento, me quedo paralizada en medio de la plaza desierta, sin saber hacia dónde continuar. Me giró hacia La Alhóndiga, preguntándome si Abel me dejaría volver si le pido perdón y le prometo seguir sus órdenes. Puedo distinguir sus largas vestiduras blancas tras las rejas. Seguro que está esperando que el terror me impida avanzar y que vuelva suplicando. Pero ya es muy tarde para eso. No debí rebelarme contra mi destino, y mucho menos delante de toda la congregación. Me lo ha dejado muy claro: o soy reproductora o recolectora. No me dejará volver si no le demuestro que puedo conseguir alimentos tan bien como cualquiera de los hombres.

Me ajusto las correas de la mochila vacía, aprieto con fuerza el rifle que me han prestado y comienzo a avanzar. Sólo una rodaja de luna en cuarto menguante ilumina mis pasos. No puedo distinguir nada más allá de la plaza, rodeada por la vegetación descontrolada de los jardines, que forman una muralla en la que podría esconderse cualquier cosa. Abel ha dicho que es mejor salir de noche, que, aunque sea más difícil ver, evitas que los podridos te vean a ti. Pero no me tranquiliza, sé que ellos nos huelen. Avanzo hacia la salida de la plaza, temiendo que un brazo frío y grisáceo aparezca entre la maleza para atraparme.

No sucede nada. Camino agachada por Alameda Urquijo, pegada a los coches, con todos los sentidos alerta. El viento arrastra papeles, bolsas y latas vacías, haciendo que me gire a cada momento. Toda la ciudad huele a cementerio, a cadáveres abandonados dentro de sus casas, a cadáveres rondando por las aceras… Vuelvo a plantearme que debería volver, reconocer que me he equivocado y jurar que aceptaré mi lugar, pero ya he avanzado más de cincuenta metros y me da tanto miedo darme la vuelta como seguir avanzando.

No tengo muchas esperanzas de conseguir comida en estas calles. Llevamos más de seis meses encerrados en La Alhóndiga y los recolectores han debido de acabar con todas las provisiones de las tiendas cercanas. Me habría gustado hablar con alguno de ellos antes de salir para preguntarles dónde podría ir, pero, tras mis duras palabras a Abel, toda la congregación me ha dado la espalda, como si les hubiese traicionado. Ninguno de ellos me ha dirigido la palabra en las horas que han pasado hasta el anochecer. Ni siquiera me han mirado a los ojos, como si cualquier contacto conmigo pudiese infectarles. Comprendo que mis palabras supongan una amenaza al orden que nos protege y nos separa de la muerte, pero yo no pretendo destruir nada. Sólo quiero mejorarlo.

Es imposible que Abel tenga la razón en todo, que su palabra sea ley. Nos comportamos como un grupo de fanáticos detrás de un líder y, cuanto más le seguimos a ciegas, más brilla en sus ojos una chispa que se parece mucho a la locura. Pero sé que si compartiese en voz alta estos pensamientos, nunca podría volver. Sólo me quedan dos posibilidades: convertirme en recolectora y ganarme así el derecho a decidir mi destino o aceptar la orden de Abel de convertirme en la cuarta mujer de Caleb, su lugarteniente, y comenzar a parir hijos con los que formar un ejército y repoblar la Tierra. Esa idea es estúpida. Ya pasamos bastante hambre siendo unos pocos. ¿Con qué piensa alimentar a un ejército? Y, aunque su idea fuese buena, no quiero ser la esposa de Caleb. He visto como trata a sus mujeres, las cosas que les hace por las noches en el barracón común. Yo no quiero que me haga eso. Sólo tengo catorce años.

Ya he cruzado Alameda Urquijo sin encontrarme con nadie. Me enderezo y le echo un vistazo a la Gran Vía. La calle me parece enorme, demasiado abierta, con las entradas a los portales demasiado grandes… Voy a estar muy expuesta, no se me ocurre dónde podría esconderme si alguno de ellos aparece. Pero en todo lo que puedo abarcar con mi vista, no descubro a ningún podrido tambaleándose. Por un momento me planteo que todos ellos han muerto, que el mundo vuelve a ser de los humanos y que Abel y sus recolectores lo saben, pero prefieren ocultárnoslo y seguir dominándonos. Niego con la cabeza, me estoy dejando llevar por la paranoia. Ni siquiera Abel puede ser tan retorcido.

Me siento más tranquila, así que me adentro en la Gran Vía con aire decidido. Después de todo, puedo correr más que cualquiera de ellos y voy armada. No tiene por qué sucederme nada. Llenaré mi mochila, volveré como una triunfadora y me habré ganado el derecho a decidir sobre mí misma.

Me dirijo hacia la ría, pasando de largo el Corte Inglés. Es posible que haya provisiones dentro, pero es demasiado grande y está demasiado oscuro como para que yo entre sola. Cuando ya sea un miembro de pleno derecho del grupo de recolectores, podré venir con ellos y llenar mochilas enteras. De momento, me conformaré con buscar en las cafeterías y restaurantes de la calle.

Me parece escuchar algo a la espalda, un arrastrar de pasos. Un tempano helado recorre toda mi columna, paralizándome. Sólo puedo desear que sea algún cartón arrastrado por el viento. Pero entonces me llega su sonido, ese gemido ahogado que se quedó grabado en mi cerebro desde los primeros días de la plaga, lo último que escuché de labios de mi madre, de mi padre, de mi hermano pequeño… Lo tengo detrás, tengo a un maldito podrido a unos diez pasos. Sigo avanzando unos segundos, como si no me hubiese dado cuenta de su presencia, mientras quito el seguro del rifle.

Me giro y la veo, con los brazos levantados hacia mí, la cabeza ladeada hacia la izquierda, la boca abierta lanzando ese sonido… Es una mujer joven, con el pelo sucio tapándole la mitad del rostro. Lleva unos pantalones vaqueros llenos de barro y sangre. Va desnuda de cintura para arriba. En lugar de su pecho derecho hay un desgarrón cubierto de sangre coagulada. A su brazo derecho le falta carne, puedo ver trozos de hueso a través de los agujeros. Seguro que fue ahí donde la mordieron cuando la convirtieron, cuando hicieron que dejase de ser un ser humano con familia y sentimientos para pasar a ser el monstruo repulsivo que se alza ante mí, acercándose poco a poco. No debo pensar en esas cosas, en eso Abel tiene razón. Son monstruos, no queda nada de humanidad en ellos. Lo mejor que se puede hacer es matarlos.

Apunto con cuidado a la cabeza, espero a que esté lo bastante cerca como para asegurarme de no fallar y aprieto el gatillo. Un clic apagado es la única respuesta que recibo. Disparo una y otra vez, incapaz de creer lo que está sucediendo. La mujer acelera un poco el paso, alzando más los brazos para atraparme. Me giro y echo a correr, sintiendo como sus dedos rozan mi nuca. El gemido de la mujer crece, cada vez más alto y más alto. Se convierte en un grito desgarrador con el que expresa toda su frustración y su hambre. Y también se convierte en una llamada a la caza para su manada.

En mi loca carrera voy viendo por el rabillo del ojo como más podridos van uniéndose a la persecución. Surgen de las negras bocas de los portales, se levantan de los asientos de los coches, aparecen tambaleándose por las puertas de los bares, como borrachos tras su última copa…

Avanzan lentamente, pero cada vez son más. Sus gritos se unen a los de la mujer, llamando a más compañeros al banquete. Corro todo lo rápido que puedo, esquivando a los que aparecen frente a mí, librándome por pocos centímetros de su mortal abrazo, de la caricia infectada de sus largas uñas… Sólo tengo que correr un poco más, sólo otros doscientos metros.

Escucho a mis espaldas el arrastrar de sus pasos, cada vez más numerosos. No sé cuántos me persiguen, no quiero girarme para mirarlos, pero suenan como un ejército. Noto que mis ojos se llenan de lágrimas. Pediré perdón públicamente, le diré a Abel que le obedeceré para siempre, me entregaré a Caleb como la más sumisa y abnegada de sus esposas. Lo único que quiero es estar de nuevo a salvo, alejar de mí la pesadilla…

Me seco con la manga de la chaqueta las lágrimas que me impiden ver. Sólo quedan cien metros. Empiezo a distinguir al fondo de la calle la silueta de La Alhóndiga. Voy a conseguirlo, sólo tengo que correr un poco más. Un podrido enorme, con un trozo de cuero cabelludo colgando de su cabeza, aparece frente a mí, a un par de pasos. Está colocado en medio de la carretera con los brazos abiertos y las rodillas flexionadas, como un jugador de futbol americano que intentase placarme. No me da tiempo a esquivarle, así que agarro el rifle con todas mis fuerzas y le golpeo en la boca con la culata. El podrido cae al suelo, pero sujeta el rifle con las manos mientras lo muerde como un perro. Intento recuperarlo, pero es muy fuerte y, si me entretengo, me alcanzará el grupo que me persigue, así que, en lugar de tirar, cargo todo mi peso sobre el rifle, notando como los dientes del monstruo se rompen en pedazos. Después lo suelto y sigo corriendo.

Quedan menos de cincuenta metros. Ni siquiera busco los escalones de entrada al parque. Me subo de un salto y atravieso la maleza, demasiado asustada como para pensar que alguno de ellos pueda estar escondido allí. Corro hacia la verja y vislumbro las vestiduras blancas de Abel. Mis ojos vuelven a llenarse de lágrimas. Estaba esperando mi vuelta, deseando perdonarme.

Me agarró a las rejas y le miró agradecida. Pero él se mantiene quieto, casi como si no me viera. A mis espaldas oigo como el arrastrar de pies se sigue acercando.

—Abel, ábreme— le suplico—. Tenías razón, nunca debí llevarte la contraria. Haré todo lo que tú quieras.

— Ya es muy tarde— me responde él—. Tú ya estás muerta.

Entonces lo comprendo todo. Nunca me ha dado la posibilidad de luchar por mi destino. Por eso me envío sola a buscar provisiones, por eso es él mismo el que está vigilando la entrada, por eso mi rifle no tenía municiones… Desde que hablé en su contra, estaba condenada. Les dirá a los demás que no lo conseguí y rezarán fervorosamente por mi alma. Mi muerte será un ejemplo, acrecentará el poder de Abel y el miedo de los otros a desafiar el orden establecido. Me agarro con fuerza a las verjas, mientras escucho los pasos cada vez más cerca.

— Tú eres el monstruo, tú eres el podrido— le digo mientras escupo entre las rejas.

Algo me agarra desde atrás, notó unos dientes hincarse en mi hombro. Me separan de la verja y se lanzan sobre mí. Intento no gritar y seguir mirándole, tratando de grabar en mi cerebro su imagen. Si en la otra vida recordamos algo, quiero que sea el recuerdo de su rostro el que alimente mi hambre.

# 2. Juego de espejos

Tengo que ser capaz de aguantar las lágrimas. Me miro en el espejo retrovisor intentando recomponer mi aspecto antes de ir a recoger a los pasajeros. Quizá no debería estar trabajando, quizá debería marcharme. ¿Marcharme? ¿A dónde? Si ya no me queda nada… Lo mejor será no pensar, sólo conducir… Portugalete, Bilbao; Bilbao, Portugalete. Cuanto más tiempo pueda refugiarme en el trabajo para no pensar, mejor será.

Arranco, meto primera y giro el autobús, enfilándolo hacia la parada. Caras anónimas y borrosas observan mi llegada. Paro y abro las puertas. Van entrando, metiendo el billete con los mismos mecánicos movimientos. Miro por la ventanilla, apartando la cara, para que no puedan fijarse en mis ojos rojos.

— Uno a Bilbao, por favor.

Tecleo en la maquina, sin pensar. El billete sale.

— ¿Cuánto es?

— Un euro con cinco— contesto con un hilo de voz que suena débil y quebradizo.

Me tiende un billete de cinco. Busco el dinero en el cajón y levanto la vista para darle las vueltas. Al verle, me quedo paralizado, con la mano tendida en el aire, mirándole… No puede ser él, es imposible… Sería una casualidad demasiado terrible, demasiado estúpida… Él me sonríe nervioso y alarga su mano. Le doy las vueltas y se aleja por el pasillo, buscando un asiento. Otro pasajero entra y me habla. Sigo vendiendo billetes. Arranco el autobús y me fijo en la circulación, intentando tranquilizarme. Tendría que haber llamado a la central para decir que no podía trabajar.

El peso de mi alma me ahoga y las lágrimas me arden en los ojos y me impiden ver. Pero sigo adelante. No quiero pensar, sólo seguir viviendo, recorrer unos metros, esperar un semáforo, recoger pasajeros… Si me paro y pienso, quizá no pueda arrancar de nuevo, tal vez el corazón se me cale y descubra que ya no tengo nada por lo que seguir andando.

Giro a la derecha y entro en la autopista. A mi izquierda se extiende toda la ciudad de Portugalete. Diviso los edificios amarillos que destacan en lo más alto. ¿Que estará haciendo Silvia ahora? Casi puedo verla en mi mente, tomando un café de pie en la cocina, descalza y llevando solo una enorme camiseta azul. Entro y ella me sonríe y parece como si alguien hubiese encendido una luz. Así, sin maquillar, con sus redondos ojos brillantes y su pelo corto y despeinado parece una niña. Y me encanta cogerla en brazos y levantarla del suelo mientras ella me grita o se ríe y me llena la cabeza de música. Quiero quedarme en ese momento, vivir ahí para siempre, pero los recuerdos me aprietan de nuevo el pecho con sus tentáculos negros, provocando un                         nuevo                         sollozo. Si conducir fuese más difícil… He hecho este trayecto tantas veces que mi mente queda libre para pensar, para volver al dolor una y otra vez. No quiero dejar que lo haga. No puedo decidir nada todavía.

Miro de nuevo la carretera. El tráfico avanza lento ahora. Algún accidente más adelante, como todos los días. Levanto la vista hacia el retrovisor que está sobre mi cabeza. El hombre sigue ahí, no lo he soñado. Pero tampoco puedo estar seguro de que sea él. Le vi durante tan poco tiempo… Se parece mucho. Y me está mirando. Incluso parece haber un asomo de burla en sus ojos. Él también lo sabe, también me conoce. Quizá me vio en el reflejo del espejo del dormitorio y se pregunta como yo si soy quien piensa. No, no puede ser. Estoy dejando que mi mente se desboque. Y es lógico. Necesito un culpable, alguien que pague por este dolor, alguien en quien descargar esta rabia que me muerde por dentro. Y no puede ser Silvia. No mi dulce Silvia, mi pequeña, mi princesa…

Miro el contorno lejano de las montañas, borroso por la bruma de la mañana. Estuvimos allí muchas veces, de novios, acampados en lo alto. Oigo su risa mientras con las piernas colgando sobre el precipicio yo le señalo el paisaje e imaginamos que son mis dominios y le prometo que la haré mi reina. Después volvemos a la tienda despacio y disfruto del aire limpio y frío que llena mis pulmones y del silencio sólo roto por su voz. Y llega la noche y la abrazo por detrás para darle calor mientras miramos el fuego alto y brillante, y la imposible multitud de estrellas y las luces del pueblo dormido a nuestros pies, a lo lejos. Y le prometo que siempre estaremos juntos, que siempre me ocuparé de ella y sonríe y me besa.

El tráfico vuelve a moverse, sacándome del recuerdo. No me importa, sólo me produce dolor. Aquella Silvia ya no existe, aquellas promesas sólo eran mías. Desde esta mañana creo que llevaba años soñando solo, imaginando un amor perfecto que sólo existía para mí. Y ahora he despertado por fin y no soporto la realidad. No quiero pensar qué va a ser de mí a partir de ahora, que será de nosotros… ni si alguna vez ha habido un "nosotros".

Vuelvo a captar su mirada en el retrovisor. Cuando me fijo, la aparta y disimula, mirando el paisaje por la ventanilla. Cuanto más le miro, más me convenzo de que es él. Ha venido a reírse de mi dolor, a restregarme su victoria, a contemplar cómo me hundo tras haberme robado lo único que me hacía vivir. Incluso me parece que sonríe. Tengo ganas de soltar el volante y lanzarme sobre él y destrozarle con mis propias manos con la misma fuerza con la que él me ha desgarrado el alma.

Pero quizá no sea él. Sólo le vi un segundo desde la puerta del dormitorio y estaba oscuro. Además, la vida no puede ser tan cruel como para permitir que esto me pase. O quizá sí. Ya me lo ha robado todo, ya he escuchado el sonido de los miles de espejos de feria que componían mi imaginaria vida destrozándose en un segundo y me he quedado solo y desnudo en una realidad que no quería ver. Que aún no quiero ver. Si pudiese olvidar lo que sé… Si no hubiese decidido volver a casa por mi cartera…

El tráfico vuelve a parar. Miro a mi derecha. Los grandes almacenes en los que Silvia y yo compramos los sábados. Mi mente vuelve a los primeros días viviendo juntos, por fin en nuestra casa después de haber soñado con ello durante tantos años. Recuerdo aquellas primeras compras, carros enteros llenos de tonterías que después nunca salieron de sus cajas, la ilusión de estar comprando para los dos, para nuestra casa…

Y los espejos vuelven a caer a mi alrededor, con estrépito. Hace mucho tiempo de eso, aunque yo no lo haya querido ver. Llevamos meses comprando de manera mecánica, recorriendo los pasillos infinitos casi sin hablar, sin mirarnos a los ojos, aburridos de una actividad monótona que una vez fue parte de un sueño. Un sueño vivido al principio por dos personas, pero del que hace mucho tiempo ella despertó.

Yo me he resistido a verlo, he querido seguir soñando, pero no funciona. Me he negado a escuchar los silencios, llenándolos con el sonido de la televisión o con las canciones que antes nos gustaban, sin querer ver que hace mucho tiempo que no nos hablamos de verdad, con el corazón abierto. Me he negado a darme cuenta de que cada vez pasábamos menos tiempo juntos, ocupados por un trabajo y una monotonía que acabó por matar lo que nos unía. He preferido seguir contemplando mis espejos deformantes. Pero ahora están rotos…

Y en un espejo real les he visto. Y ese reflejo me mostró la verdad. Los dos abrazados en nuestra cama, sus brazos rodeando un cuerpo que era mío, sus manos tocando una piel que para mí era sagrada, los labios de Silvia pronunciando entre gemidos palabras que pensé que sólo yo podía oír y que me daban la vida.

Ahora estoy seguro de que es él. El hombre que veo en mi retrovisor es el mismo que vi en el espejo del dormitorio. Es él y el destino ha querido ponerlo en mis manos. Quizá no vuelva a tener otra oportunidad, debo aprovecharla. Pero no sé cómo.

Miro la carretera y veo la señal de entrada por Bilbao Oeste. He pasado mil veces bajo esa señal, horas y horas de trabajo en las que sin saberlo la iba perdiendo. Y veo la curva a la izquierda, en la carretera elevada que baja a Bilbao. Los pisos más altos de los edificios llegan a la altura de esa curva, el resto de la ciudad se extiende debajo. Y en mi mente se dibuja fría la imagen del autobús, saltando al vacío para ir a estrellarse más abajo, acabando con mi vida y con la suya.

Piso un poco más fuerte el acelerador y la carretera se desliza debajo a una velocidad que me parece exasperantemente lenta, como una carrera en una pesadilla. Piso más a fondo, debo hacerlo antes de que me entre miedo, antes de que mi mente vuelva a levantar espejos que me hagan creer que lo que vi no era cierto.

La curva se acerca por fin. Durante un segundo la parte cobarde de mi cerebro intenta salvarme, apelando a mi conciencia, a las vidas de los demás pasajeros. Miro hacia atrás por el espejo retrovisor. Todos los viajeros tienen su cara, su sonrisa burlona. Agarro con más firmeza el volante y piso a fondo el acelerador.

# 3. La última maravilla

Las luces azules de los coches patrulla estacionados en la puerta del instituto me hicieron acelerar el paso. Me uní a la fila de estudiantes que esperaban y me estiré todo lo que pude para averiguar qué pasaba. Un hombre moreno con abrigo oscuro hablaba con cada uno de los alumnos antes de dejarlos entrar. Me pregunté que estarían buscando y esperé pacientemente mi turno. Cuando llegué al principio de la fila, el hombre me miró aburrido:

—¿Eres Trencavel, el portador de una maravilla en el server4.net de Travian?

Me quedé paralizado, sin poder pronunciar palabra. Creo que aquella era la última pregunta que me habría esperado de un policía. El hombre se dio cuenta de mi estupor y reaccionó, llamando por gestos a otros dos agentes.

—Eres tú, ¿verdad?— puso una mano en mi espalda y me empujó, de forma suave pero firme, hacia uno de los coches—. Soy el inspector Vega. Llevamos buscándote desde ayer por la noche. Tienes que acompañarnos a comisaria.

—¿Por qué?— reaccioné por fin—. Yo no he hecho nada malo.

—Tranquilo, es por tu seguridad— contestó el inspector, mientras me obligaba a sentarme en el asiento trasero—. Sólo intentamos protegerte.

Durante todo el trayecto los agentes se negaron a contestar a mis preguntas, manteniéndose en silencio, así que sólo pude mirar por la ventanilla mientras intentaba encontrar algo de sentido a aquella ridícula situación. ¿Por qué me habían detenido? ¿Desde cuándo la policía se interesaba en los jugadores de un juego online, por mucho que fuesen los portadores de una maravilla? Y, lo más importante y preocupante de todo, ¿de qué se suponía que tenían que protegerme?

Una vez en comisaria me tomaron los datos y me condujeron a una habitación sin ventanas, amueblada tan sólo con una mesa vieja y un par de sillas. Me dejaron encerrado sin ninguna explicación, con la única compañía de mis pensamientos. Aquello se parecía tanto a una sala de interrogatorios como para que empezase a plantearme que me habían llevado allí engañado y que en realidad iban a acusarme de algo. Intenté controlar mis nervios mientras me repetía una y otra vez que yo no había hecho nada por lo que debiera preocuparme.

Después de un tiempo que me pareció eterno la puerta volvió a abrirse. El inspector Vega entró y ocupó una de las sillas, indicándome con un gesto de la cabeza que hiciese lo mismo. Sacó una hoja de su carpeta y me la tendió.

— ¿Te suenan de algo esos nombres?

— Sí, por supuesto— contesté después de mirar la lista durante unos segundos—. Son los nombres de algunos de los dueños de las maravillas del server en el que juego. ¿Por qué? ¿Han hecho algo malo?

— Malo para ellos, sí— contestó el hombre, sarcástico—. Han muerto.

— ¿Muerto?— me quedé paralizado. Todo aquello tenía que ser una broma pesada.

— Sí, alguien los ha asesinado. Todos sus cuerpos han ido apareciendo desde la medianoche de ayer— siguió explicando el inspector—. Al principio no supimos qué tenían en común todas las víctimas. No coincidía el sexo, la edad, la clase social, las ciudades en las que aparecieron… Sólo el arma coincidía: una lanza. Y, dado que es un arma poco usual hoy en día, seguimos investigando seguros de que las víctimas tenían que tener algo en común. Cuando descubrimos que todos ellos jugaban al mismo juego de ordenador y que eran lo que llamáis portadores de las maravillas, empezamos a buscar a los que continuabais con vida para protegeros. Tus compañeros de alianza sólo pudieron decirnos en que instituto estudiabas y por eso hemos ido a buscarte.

— Pero es imposible. Es sólo un juego…— seguí mirando la lista, incapaz de creer lo que estaba oyendo—. ¿Quién podría estar tan loco para matar por algo así?

—Di mejor quienes. A esa lista de seis víctimas hay que sumar otras dos muertes en Argentina y una en Colombia. Una sola persona no habría podido cometer todos esos crímenes en menos de ocho horas— el inspector esperó unos segundos a que levantase la vista de la página y siguió preguntando—. ¿Algún sospechoso?

—No, no sé qué decirle. En esta lista hay víctimas de los dos bloques que luchamos por la victoria— rebusqué en mi cabeza alguna pista y negué, confuso—. No sé de nadie que pueda haber hecho algo así. Hay gente que se lo toma muy en serio, que ha podido llegar a discutir o insultar a otros jugadores en el foro general… Pero de ahí a matar a alguien… No se me ocurre quién podría estar tan loco para hacer una cosa así.

—Te sorprendería saber la cantidad de chalados que hay sueltos en Internet, te lo digo por experiencia. Bien, pondré a algunos de mis hombres a revisar ese foro general— el hombre se levantó—. Mientras resolvemos esto tendrás que quedarte aquí. Espero que lo entiendas.

Asentí y el hombre me lanzó una sonrisa tranquilizadora antes de salir. Continué sentado, con la mirada fija en aquella lista de nombres, algunos de ellos amigos con los que había compartido buenos momentos en aquel server. Y ahora estaban muertos. Sentí que un frío glacial recorría mi espalda mientras calculaba que, sumando las tres muertes de Sudamérica, sólo quedábamos cuatro portadores con vida.

Mucho tiempo después, la puerta se abrió y el inspector volvió a entrar. Le miré expectante y él me sonrió y me dio una palmada en la espalda.

— Puedes irte. La administración de Travian ha decidido reiniciar el server, así que estás fuera de peligro.

— ¿Y ya está?— pregunté asombrado—. ¿Y todas esas muertes?

— Seguiremos investigando, por supuesto— contestó el hombre mientras me acompañaba a la salida—. Cogeremos al culpable, no te preocupes por eso.

Salí de la comisaria, dudando si todo aquello no habría sido un mal sueño. Miré mi reloj. Sólo eran las doce, aún podía llegar al instituto. Pensé que no me apetecía dar explicaciones de mi detención a un montón de cotillas y me dirigí a casa. Tenía que entrar en el foro general y hablar con mis compañeros de alianza para tratar de encontrar algo de lógica a aquella locura.

Entré en casa. Por suerte, mis padres seguían en el trabajo, así que pude lanzarme hacia mi habitación. Encendí el monitor y me conecté a Travian. Un anuncio de la Administración avisaba de que el server había sido reiniciado y remitía a una página del foro donde se explicaban las razones. Sentí una punzada de pena. Tantos meses de esfuerzo para que todo acabase así por culpa de algún lunático. La página con el anuncio desapareció y me encontré dentro de mi cuenta. Miré el monitor extrañado. ¿No se suponía que habían reiniciado el servidor? ¿Por qué seguía viendo mi aldea de la maravilla? Recargué la página pensando que debía tratarse de un error. Continuó igual. Allí estaban los cientos de miles de tropas defensivas, comiendo cereal a toda velocidad mientras un solitario ataque llegaba hasta ellas en tan solo tres minutos. ¿Cómo podía estar recibiendo un ataque si todo estaba paralizado? Pulsé sobre las aspas rojas para ver el nombre del atacante. Los natare. ¿Por qué estaba recibiendo un ataque de los natare en nivel 73? No tendría que llegar ninguno más hasta el nivel 75. Todo aquello debía ser por el reinicio, el sistema debía haberse vuelto loco.

Pulsé en la página del ranking de maravillas para ver si las demás también recibían ataques aunque no les correspondiese. Me quedé helado, totalmente paralizado. No había más maravillas. Tan sólo quedaba la mía. ¿Qué significaba aquello?

El sonido de mi móvil me hizo saltar en el asiento. Descolgué a toda velocidad, feliz de escuchar una voz en medio de aquella locura.

—¿David? Soy el inspector Vega— dijo la voz al otro lado del teléfono—. ¿Dónde estás?

—En mi casa. ¿Qué está pasando?— pregunté con la voz entrecortada.

—El server no se reinicia, no saben qué pasa— escuché un suspiro desesperado al otro lado de la línea—. Han muerto otros tres chicos, sólo quedas tú. Cierra bien la puerta y no abras a nadie hasta que vuelva a llamarte. Vamos para allá.

Me quedé quieto, con el móvil aún apoyado en la oreja, escuchando el silencio al otro lado. Aquello no podía estar sucediendo. Corrí hacia la puerta de la calle mientras sacaba las llaves del bolsillo y cerré con dos vueltas. Después volví a mi habitación, sintiendo que el corazón me golpeaba con fuerza contra el pecho, que la cabeza me daba vueltas. Me senté frente al ordenador, pensando que no era posible que fuese a morir por un juego.

El ataque de los natare estaba llegando. Tres segundos, dos, uno… Y la aldea desapareció. No podía ser. El juego debía haberse vuelto loco. ¿Cómo iba a desaparecer una aldea con un solo ataque? Busque el informe y lo abrí. Sólo había un atacante, un héroe natar. Todas las tropas defensivas habían sido exterminadas y al final del informe se leía "La aldea ha sido destruida completamente". ¿Qué clase de héroe era aquél capaz de cargarse una aldea de un solo golpe?

Mientras seguía mirando atónito el informe, un leve ruido me hizo volver la cabeza. Era un suave y prolongado rugido de triunfo, un sonido amenazante que erizó todo el vello de mi cuerpo. Contemplé paralizado al emisor de aquel sonido, de pie en una esquina de mi habitación, acechando en las sombras. Nada de aquello tenía sentido fuera del reino de las pesadillas: ni el brillante pelo negro que cubría todo su cuerpo, ni sus garras, ni sus fuertes músculos felinos en tensión, ni aquellos ojos amarillos que parecían brillar con luz propia. El brillo de su lanza me hipnotizó, mientras el ser rugía victorioso, mostrando sus largos colmillos, y se abalanzaba sobre mí.

# 4. Muerte súbita

Rebeca deja de saltar a la comba y se acerca corriendo al banco en el que estoy. Se sienta a mi lado y me pasa una bolsa llena de regalices rojos.

—Hola— me dice—. ¿Te pasa algo?

—No, estoy bien— contesto mientras cojo un regaliz.

—¿Vas a venir el viernes a mi cumple?— me pregunta, preocupada.

—Sí, sí que voy— mastico el regaliz en silencio unos segundos, mientras busco las fuerzas para hacerle la pregunta—. Rebeca… ¿puedo dormir en tu casa esa noche?

—Sí, claro. Luego aviso a mi mamá— se levanta de un salto del banco y me agarra la mano—. ¿Vienes a jugar a la comba?

—No, tengo que ir al baño primero.

Me suelto de su mano y corro lo más deprisa que puedo hasta los servicios. Cuando llego, entro en uno, cierro la puerta y me pongo a llorar. ¿Por qué tiene que ser todo tan difícil? Yo sólo quiero que todo esto acabe.

Llevo casi un mes sin dormir, desde que papá y mamá decidieron que Bea era ya muy mayor para dormir en su cuna y la pusieron en mi cuarto. Bea me encanta. Es muy bonita y suave y huele tan bien… Pero con ella trajeron el armario del desván, que es grande y oscuro y huele a cosas negras y húmedas. Hasta que vino Bea, yo tenía una cajonera en la que cabía toda mi ropa, pero mamá dijo que, ahora que íbamos a ser dos en la habitación, necesitaríamos un sitio más grande para guardar las cosas. Y trajeron ese armario viejo hasta que hubiese dinero para comprar uno más bonito. Me han prometido uno blanco con flores rosas en la puerta que vimos en el centro comercial, pero me han dicho que es muy caro y que tendremos que esperar. Me gusta mucho ese armario, pero me daría igual cualquier otro. Yo sólo quiero que se lleven éste.

Mamá dice que son tonterías y que ya soy muy grande para asustarme. Al principio, cuando la llamaba gritando, venía corriendo a mi lado, me abrazaba y me decía que no pasaría nada malo y me dejaba la luz de la mesilla encendida. Pero, cuando pasaron los días, empezó a enfadarse. Dice que no les dejo dormir ni a ella ni a papá y que despierto a Bea y la asusto. No sabe que tengo que despertarles a todos, que si no lo hago será mucho peor.

Ahora ya no me deja que encienda la luz y se enfada mucho cuando la llamo. Me dice que tengo que ser una niña fuerte y dejar de asustarme. Yo lo intento todas las noches, pero no puedo. En cuanto nos da el beso de buenas noches y apaga la luz, me levanto de puntillas, me acerco despacito al armario y cierro la puerta con la llave. Sé que no pasará nada mientras la luz del pasillo siga colándose por debajo de la puerta, mientras mis papás estén aún despiertos viendo la tele.

Luego vuelvo a mi cama y me tapo con las mantas hasta la nariz con los ojos clavados en el armario. La mayoría del tiempo no pasa nada. Oigo a mis papás irse a la cama y sigo quieta, vigilando. Los ruidos de todos los vecinos se van acabando y, cuando todo está en silencio, cuando todo el mundo duerme, puedo oírle ahí dentro, apretando un poquito contra la puerta del armario para ver si se me ha olvidado cerrarla. Sé que a veces se enfada, porque escucho como araña la puerta desde dentro con sus largas uñas negras. A veces incluso, si estoy muy callada, le oigo respirar.

Así me paso toda la noche, vigilando hasta que los primeros rayos del sol se cuelan por las rendijas de la persiana. Entonces duermo un poquito, pero estoy tan cansada…

Desde hace unos días sé lo que quiere. Oí a mi mamá hablar con su amiga Pili sobre una enfermedad que se lleva a los bebes. Sus papás les dejan durmiendo tan tranquilos y al día siguiente están muertos. Mamá le dijo a Pili que se llama "muerte súbita" y que nadie sabe por qué pasa. Yo si lo sé, sé quien mata a los niños pequeños y sé que vive en nuestro armario, que quiere llevarse a Bea y que está cada día más enfadado porque yo no le dejo.

Anoche, cuando me levanté para echar la llave al armario, me di cuenta de que la puerta ya no cierra bien. Creo que él la está rompiendo desde dentro, poco a poco, en todas esas horas que pasa ahí encerrado esperando para cazar a Bea. Sé que no quiere salir mientras yo esté vigilando, pero creo que, si sigo enfadándole, no aguantará más y nos llevará a las dos. Tengo mucho miedo y me gustaría contárselo a mamá y a papá y que se llevasen el armario, pero sé que no me van a creer y que se van a enfadar mucho conmigo.

Siento mucho lo que voy a hacer. Sólo quiero que esto acabe. Estoy tan cansada y tengo tanto miedo…

El viernes por la noche Bea tendrá que dormir sola y no habrá nadie para cerrar la puerta del armario.

# 5. El deseo

Una sonrisa de triunfo iluminó su cara. Por fin lo tenía. Después de tantos años de minuciosa búsqueda, de arduos estudios, allí estaba. Y era tan simple… Cerró el libro y se levantó, dedicando unos minutos a tranquilizar el acelerado ritmo de su corazón, a creérselo del todo. Sí, lo tenía. Con esas simples palabras podría invocar y dominar a un demonio y, si conseguía imponerle su voluntad, podría conseguir que le concediese un deseo, lo que fuera. Ardía en deseos de probarlo y debía recordarse continuamente que no debía hacerlo por el momento. Se sentía exhausto después de las últimas noches de trabajo. Desde que había encontrado el manuscrito, había sabido que se encontraba muy cerca del final, que por fin sus esfuerzos darían fruto. Y, por ello, había pasado los últimos días dedicado en cuerpo y alma a su estudio, sin comer siquiera, durmiendo apenas en los escasos momentos en los que caía rendido sobre la mesa. En el estado en que se encontraba no sería un rival digno para el demonio, debía descansar. Bajó a su dormitorio y se quedó dormido en cuanto su cuerpo tocó el colchón.

Despertó muchas horas más tarde. En los primeros momentos se sintió confuso, sin saber con seguridad si había triunfado o si sólo había sido un sueño. Subió las escaleras con paso presuroso y se arrojó sobre las notas que había tomado la noche anterior. Era cierto, lo tenía. Ahora sólo debía ejercitar su voluntad hasta estar seguro de que estaba preparado para controlar al demonio. Ésa sería la parte fácil. Le bastaría con practicar los ejercicios de meditación que conocía y dominaba desde hacía años. Sonrió con ironía ante la idea de que lo más difícil sería elegir el deseo. Sólo tendría derecho a pedir una cosa y después de todo el esfuerzo que le había costado llegar hasta ese punto debía pensárselo bien. ¿Qué podía pedir? Aquel universo de posibilidades a sus pies hacía que no pudiese pensar en nada concreto. ¿Cómo elegir una cosa y desprenderse de todas las demás posibilidades? ¿Por qué tenía que conformarse con un solo deseo? Tendría que encontrar algo que lo englobase todo, engañar al demonio para que le diese más de lo que debía concederle, encontrar la manera de saltarse esa estúpida regla pero, ¿cómo?

Se sentó delante de la chimenea y comenzó a preparar el té, con pausados y metódicos movimientos que contribuían a tranquilizar su mente, como un ritual. Sabía que, pidiese lo que pidiese, debía ser muy preciso y cuidadoso. A los demonios no les gustaba ser llamados, ni tener que someterse a las órdenes de un mortal. Intentaría encontrar cualquier resquicio en el deseo para darle la vuelta y hacerle desgraciado. Y ahí estaba el problema: ¿Cómo ser tan preciso como para no permitir que el demonio le engañase y tan ambiguo como para conseguir más de lo que el demonio estaba obligado a darle? Tendría que pensarlo mucho y no precipitarse. No debía invocarlo hasta estar muy seguro de lo que quería. Cuando el té estuvo preparado, se sirvió una taza y se recostó en su sillón, pensando.

Lo primero que le vino a la mente fue la inmortalidad, ese deseo tantas veces acariciado por todos los hombres. Sería maravilloso saber que no iba a morir nunca, tener todo el tiempo del mundo para adquirir sabiduría y para disfrutar sin  la inquietud de saber que la enfermedad y la vejez te seguían los pasos. Lo pensó detenidamente, sintiéndose menos convencido a cada segundo que pasaba. ¿De qué le serviría la inmortalidad? El resto de la gente que conociese iría muriendo, se quedaría solo y cada vez más aterrado ante la idea de conocer nueva gente que también se iría muriendo. ¿Y qué pasaría si todos los seres humanos se extinguían? Él viviría por toda la eternidad pero quizá la especie humana no. No podía imaginar nada más triste que vagar eternamente por un mundo muerto. Además el demonio podría otorgarle la inmortalidad pero no tenía por que darle también salud. Podía ir viendo como su cuerpo se deterioraba, como la enfermedad le devoraba por dentro haciéndole sufrir terribles dolores sin que el consuelo de la muerte fuese a llegar nunca. No, no podía pedir la inmortalidad.

Le dio vueltas a su té mientras pensaba en otro deseo. Quizá sería bueno pedir dinero, todo el dinero que pudiese imaginar, la mayor fortuna sobre la faz de la tierra, un tesoro inacabable… Con el dinero podría comprar todo lo que quisiera, podría poner el mundo a sus pies. Pero volvieron a asaltarle las dudas. ¿De qué le serviría tanto dinero si se ponía enfermo? ¿Podría esa fortuna devolverle la juventud que había perdido entre los libros? ¿Podría proporcionarle el amor o los amigos que nunca había podido tener? ¿Podría protegerle de toda tristeza, de todo mal? Seguramente el dinero conseguiría que fuese envidiado, que la gente a su alrededor se volviese codiciosa, que le odiasen... Y seguiría encontrándose solo.

Meditó sobre ello unos minutos más. Estaba cansado de estar siempre solo, con la única compañía de sus viejos libros, cuyos autores llevaban siglos muertos. Quería sentir el calor y la alegría de la gente, tener su compañía, su amistad… y quizá también encontrar el amor. Pero no podía pedir eso. ¿De qué le serviría sabiendo que no era sincero, que la gente le quería sólo porque el demonio se lo había concedido? Un amor así no podría llenarle, le haría sentir incluso más solo y amargado. Tenía que pensar en otra cosa.

Sus pensamientos siguieron girando hora tras hora, embarcados en infructuosos esfuerzos por encontrar lo que realmente quería. La sabiduría que tanto había anhelado tampoco sería buena elección. ¿De qué le serviría conocerlo todo, saber el porqué de todas las cosas? ¿Qué sentido tendría su vida si ya no hubiese nada por lo que preguntarse, nada por lo que sentir curiosidad? El poder tampoco le llamaba la atención. No quería ser temido y obedecido por todos, no le serviría de nada controlar las vidas ajenas sabiendo que la fuente de aquel poder provenía de un demonio. ¿Qué orgullo podría obtenerse de un poder así? De esta manera continuo sumido en sus pensamientos hasta que volvió a quedarse dormido.

Al cabo de unas horas el ruido de un trueno le despertó sobresaltado. El viento, frío y cortante, entraba por las ventanas abiertas, sacudiendo las llamas de las antorchas. Se levantó para cerrar las contraventanas y entonces recordó su sueño. Sí, ahí estaba la respuesta, el deseo ideal. Era perfecto: completo y simple. El demonio no podría tergiversarlo y él lo conseguiría todo con un solo deseo. Se lanzó hacia las páginas del manuscrito y una vez allí se tomó unos segundos de tiempo para tranquilizar su espíritu y alcanzar el estado mental adecuado para la invocación. Cuando se sintió preparado, realizó la llamada.

Al principio no sucedió nada. El viento se volvió más tranquilo, los truenos cesaron. Todo el universo parecía quieto, expectante. Entonces el aire del salón empezó a hacerse más denso, más frío. La habitación parecía mucho más oscura, a pesar de que las antorchas seguían ardiendo con idéntica intensidad. Y en ese momento lo vio. Delante de él, el aire empezó a tomar color, forma, volumen, como si un ser se estuviese creando de la nada ante sus ojos. Al principio era un ser amorfo y oscuro, pero, poco a poco, diversos colores fueron apareciendo en su superficie, moviéndose, mezclándose, surgiendo de nuevo. La figura siguió tomando forma hasta convertirse en el cuerpo translucido de una mujer. Se quedó quieto, observando su belleza imposible, su cabellera negra en cuyo brillo parecían reflejarse los colores del universo, sus ojos de abismo, su fría sonrisa… El ser se le quedó mirando durante un tiempo infinito, midiendo su voluntad y su fuerza, y por fin le habló:

— ¿Cuál es tu deseo?

Intentó hablar, pronunciar aquellas palabras que tanto esfuerzo le había costado elegir, dominar la voluntad que llevaba tantos años entrenando, pero, enfrentado a ella, sintió que toda su fuerza espiritual quedaba reducida a la nada. Los ojos del ser seguían fijos en los suyos, reflejando un odio infinito. El ser le habló de nuevo con una voz que se le clavó en el alma como fragmentos de cristales.

— Pronuncia tu deseo o déjame ir.

La voz le hizo reaccionar. No se debía jugar con demonios, no les gustaba ser esclavizados. No sabía por cuánto tiempo podría contenerlo. Había pensado que sus años de preparación le permitirían enfrentarse a ese ser, pero nada podría haberle preparado para el aura de poder que emanaba de esos ojos. Por fin contestó, pronunciando en voz alta su deseo:

— La felicidad eterna.

El ser le miró de nuevo y sus labios se curvaron en una sonrisa felina:

— ¿Y qué es para ti la felicidad?

En un primer momento no supo que contestar. No había esperado que el ser le hiciese preguntas, ni que le pidiese que se explicase. Seguramente trataba de engañarle. Aquello era un último intento de no doblegarse, así que intentó dar a su voz un tono más firme al contestar:

— No tengo por qué explicarte nada. Obedece.

El ser sonrió, casi dulcemente, y le habló con una voz cálida, aterciopelada, hipnótica:

— Los seres humanos lleváis años buscando la felicidad y jamás habéis llegado a un acuerdo sobre qué es en realidad. Lo que hace feliz a un hombre puede hacer que otro se sienta infinitamente desgraciado. Por eso pregunto, para poder servirte. ¿Qué es para ti la felicidad?

Asintió, dándole la razón al ser. Era cierto, él no quería una felicidad loca, insulsa... La ignorancia podría traer la felicidad a muchos hombres, o las grandes fiestas o las alegrías fáciles. Pero él no quería pasarse la vida entre risas estúpidas. ¿Qué quería entonces? ¿Cómo podía conseguir que lo comprendiese un ser que carecía de sentimientos humanos?

— La felicidad para mí es la tranquilidad — intentó explicarle—. No tener la inquietud de que pueda pasar nada malo, no tener que preocuparme nunca más. Es estar en paz para siempre.

El ser volvió a sonreírle, asintiendo. Le pareció discernir un brillo de triunfo en sus ojos.

— Así sea. Concedido.

Al segundo siguiente estaba muerto.

# 6. La cita

Antonio cerró la puerta con tres vueltas de llave y, en el momento en que se giraba para llamar al ascensor, se dio cuenta de que le faltaba algo. Se volvió extrañado y, después de comprobar que había cerrado bien la puerta, la abrió de nuevo y entró en la casa. Las ventanas estaban cerradas, las luces apagadas... Comprobó la llave del gas, los grifos... Todo estaba bien, pero la sensación seguía allí, aun más apremiante. Faltaba algo, algo importante, algo que tenía que recordar con urgencia.

Se miró en el espejo para comprobar su aspecto físico. Impecable, como siempre. Recordó la revisión de su agenda que había realizado minutos antes, sintiéndose estúpido por pensar que lo que faltaba podía estar ahí. Era imposible. Siempre era meticuloso a la hora de anotar una cita, de organizar sus días... Entonces, ¿qué podía ser? ¿Qué estaba produciendo esa sensación de inquietud, esa idea absurda de que algo importante se le escapaba?

Era una sensación más incomoda a cada segundo que pasaba, como si estuviese a punto de recordarlo pero se escapase siempre fuera del alcance de su conciencia en el último momento. Como cuando te parece ver algo por el rabillo del ojo, pero, cuando intentas enfocarlo, ya no está.

Respiró de forma profunda y lenta unas cuantas veces. Intentó pensar en otras cosas y dejar que el ritmo de la respiración fuera relajándole, como había sucedido en otras ocasiones, pero fue en vano. La sensación seguía ahí, cada vez más fuerte, como algo que le pinchase en el centro de su cerebro para impedir que lo ignorase. Al cabo de unos minutos de inútiles esfuerzos por tranquilizarse volvió a abrir los ojos y miró su reloj. Se sorprendió. Iba a llegar tarde. Por primera vez en más de diez años, iba a llegar tarde.

Recogió el maletín que había dejado en la entrada y salió rápido de casa, pero la sensación se hizo más apremiante. No debía ir a trabajar y enfrascarse en sus casos y sus reuniones, debía recordar. Era urgente que se acordase, pero no sabía cómo hacerlo. El recuerdo parecía estar más lejos cuanto más se esforzaba por traerlo a su mente y, sin embargo, no sabía cómo tranquilizarse, no sabía que podía hacer para evitar esa idea que le obsesionaba.

Bajó en el ascensor hasta el garaje, mientras la misma idea seguía girando en su mente, una y otra vez, cada vez más rápido, como una espiral sin fin. Empezaba a apremiarle la certidumbre de que lo que tenía que recordar no era algo tan tonto e insustancial como una luz encendida o un grifo goteante. No, era algo REALMENTE IMPORTANTE. Pero, ¿qué?

Llegó hasta su Audi y encendió el motor mientras su cabeza seguía trabajando a toda máquina: la ITV, la declaración, el impuesto de circulación, un chequeo médico, el cumpleaños de su padre, el de su madre… Nada, no era nada de eso. Conocía a la perfección las fechas y horas de cada uno de esos eventos. Entonces, ¿qué era? Si no era nada de eso, ¿qué podía ser? Su mente seguía torturándole con la idea de que se trataba de algo AÚN MÁS IMPORTANTE.

Encendió la radio del coche para intentar distraerse mientras conducía a toda velocidad hacia su trabajo. No funcionó. Ni escuchar la radio, ni concentrarse en el tráfico, ni encender un cigarrillo tras otro,... ni siquiera la preocupación que debería sentir por ir tarde a trabajar. Todo quedaba minimizado por la tremenda importancia de aquello que se le escapaba.

Llegó al edificio de oficinas y se dirigió al ascensor. Saludó a su secretaria de forma mecánica al pasar y entró. Encendió el ordenador y revisó la agenda que tenía allí. No había nada nuevo, era una copia exacta de su agenda de mano. Echó un vistazo a los expedientes de sus últimos clientes por si hubiese algo que no había anotado: una cita, la revisión de un caso, una comparecencia a juicio, algún impreso que rellenar, aunque fuese una llamada de teléfono para confirmar algo... No encontró nada.

Se frotó los ojos y los apartó de la pantalla del ordenador. Encendió otro cigarrillo y decidió concederse un par de minutos de descanso, pero su cerebro no pensó que fuese buena idea. Seguía atormentándole, imprimiendo cada vez más urgencia a la necesidad de que recordara.

Intentó distraerse observando el despacho en el que trabajaba, día tras día, desde hacía más de diez años. El amplio ventanal que ocupaba toda la pared derramaba su luz por el cuarto y le permitía ver a sus pies la ciudad de Bilbao, viva y frenética a esa hora de la mañana. Sobre su mesa se encontraban, ordenados de forma meticulosa, los expedientes en los que trabajaba. La mesa, las sillas y los ficheros eran modernos, limpios, asépticos, fabricados en una fría combinación de cristal y acero. En la pared destacaba un enorme cuadro modernista en tonos azules y grises que él mismo había elegido. Nunca lo había entendido, pero combinaba a la perfección con la moqueta. No había nada más en la oficina que hubiese sido escogido por él. Ni fotos, ni adornos, nada que diese la impresión de que ese lugar estaba habitado por un ser con vida propia. En aquel momento, echó en falta esos adornos, que hubiesen podido distraer su atención de las urgencias que su mente le imponía.

De repente, la puerta se abrió y entró Ana, su secretaria:

— Señor Aguirre, aquí le dejó la correspondencia.

Antonio clavó sus fríos ojos grises en ella. Ana lo miraba con una sonrisa estúpida. La estudió durante unos segundos. Rubia teñida, largas piernas bajo una escasísima minifalda, escote vertiginoso... Consiguió sonreír antes de contestar:

— Gracias, Ana. Puedes marcharte.

— ¿Quiere un café? ¿Un té? ¿Necesita alguna cosa?

Antonio empezó a sentirse nervioso, irritado. Claro que necesitaba algo: que alguien le dijese qué era lo que le faltaba, qué estaba haciendo que su cabeza no funcionase bien esa mañana. Y, si eso no podía ser, necesitaba que al menos le dejasen solo, en paz. Necesitaba concentrarse y recordar o iba a volverse loco. Sin embargo, logro contener su mal humor:

— No, gracias. Solo llama a los clientes con los que estaba citado hoy y aplaza las reuniones para cualquier otro día. No me encuentro bien.

Ana le miró con expresión de extrañeza:

— ¿Le pasa algo? ¿Quiere una aspirina?

Antonio notó que su autocontrol se debilitaba con cada palabra que ella pronunciaba. Su sola presencia empezaba a resultarle insoportable.

— No necesito nada. Ahora vete.

Había intentado imprimir a su voz toda la firmeza y determinación de que era capaz, pero Ana no pareció darse cuenta de ello.

— Está bien. Si necesita cualquier cosa, llámeme. Y ya he terminado de revisar los expedientes de los casos que me pidió ayer. Cuando quiera, los traigo y los comentamos.

Antonio la miró unos segundos mientras intentaba contener la ira que crecía en su interior. Tanta solicitud le ponía enfermo, tantas sonrisas y falsos intentos de resultar amable. Lo único que quería era estar solo. ¿Tan difícil era entenderlo?

—Le he dicho que no necesito nada, gracias— su tono era cortante, remarcando cada una de las palabras. Ella se giró, dispuesta por fin a retirarse pero la ira había crecido demasiado como para dejar la situación así—. Por cierto, Ana, ¿qué estudios tienes?

—Bueno, yo...— se quedó plantada delante de la puerta, fuera de lugar, como si no supiese a que venía la pregunta. Incluso la sonrisa estúpida desapareció de su cara, para satisfacción de Antonio—. Soy administrativo.

—Entonces, ¿de dónde sacas la titulación necesaria para revisar expedientes? Estas aquí para traerme café, atender mis llamadas y sacar fotocopias. Y ahora déjame solo.

—Sí, señor— La voz de Ana sonó entrecortada, como si estuviese a punto de llorar. La conciencia de Antonio le susurró que no estaba actuando bien, pero su ira estaba desbocada y tuvo que seguir.

—Ah, una cosa más. Espero que, a partir de mañana, vengas vestida como debes. Esto es una oficina, no un bar de alterne.

Esta vez la chica salió de la oficina sin decir nada más. Antonio sintió una punzada de culpabilidad, pero fue desterrada de inmediato por la idea que había conquistado la totalidad de su pensamiento esa mañana.

Llamó por teléfono a Raúl para cancelar el café de media mañana, alegando que tenía mucho trabajo. Ya había ofendido a su secretaria, no quería enemistarse también con la única persona de la oficina con quien tenía suficiente confianza para tomarse un café o jugar un partido de paddle.

Una vez libre de sus obligaciones se sintió más tranquilo. Lo único que le preocupaba era la comida con el Señor Gutiérrez. Llevaba más de un mes esperando esa reunión y tenía puestas muchas esperanzas en ella. Se rumoreaba que iba a ofrecerle el puesto de jefe del departamento e incluso una participación en la empresa como socio. No podía presentarse a esa reunión con la cabeza desordenada y comportándose como un enajenado. Pero al menos tenía por delante más de cuatro horas para recordar o para que su mente se cansase de aquel estúpido juego con el que llevaba torturándole toda la mañana.

Decidió imponerse a su nerviosismo y comenzar su búsqueda de forma metódica. Empezaría por revisar su agenda, mirando todas las páginas desde que había comenzado el año. Página tras página, se obligó a seguir, a pesar de la sensación de que lo que buscaba no estaba ahí, hasta que consiguió terminar de revisarla. Pensaba que si lograba concentrarse lo suficiente en una tarea rutinaria, conseguiría tranquilizarse, olvidar aquella urgencia, pero no fue así. La sensación era más y más fuerte, como si le sugiriese que había una hora límite para encontrarlo, que si no se daba la suficiente prisa, sería demasiado tarde.

Cuando terminó con la agenda, revisó su directorio telefónico. Quizá había prometido llamar a alguien y lo había olvidado. Mientras miraba, recordó a dos o tres personas a las que había prometido llamar para comer algún día, y que luego había olvidado porque nunca encontraba un hueco en su trabajo o las ganas suficientes para perder dos horas en conversaciones intrascendentes. Pero tampoco era eso.

Se encendió otro cigarrillo mientras se preguntaba por dónde continuar la búsqueda. No se le ocurría nada, pero en algún sitio tenía que estar la respuesta. Ya no pensaba que todos aquellos pensamientos que le torturaban fuesen un juego de su cerebro. Había algo, algo importante, algo real... No se estaba volviendo loco, estaba seguro. Había un hueco en su memoria, un recuerdo borrado, un vacío que tenía que llenar. Sintiéndose cada vez más frenético, empezó a revisar todos sus expedientes, sabiendo de antemano que no había nada allí, pero incapaz de soportar la inactividad un segundo más.

Consiguió enfrascarse de tal modo en la búsqueda, que la voz de Ana por el intercomunicador le sobresaltó:

— Señor Aguirre, le recuerdo que tiene una cita con el Señor Gutiérrez en media hora.

¿En media hora? Miró su reloj, asombrado. No podía creer que hubiese pasado tanto tiempo. Y seguía sin encontrar nada y el tiempo se le estaba acabando. En ese momento, reunirse con el Señor Gutiérrez le parecía una imperdonable pérdida de tiempo. Con un suspiro resignado, cerró la carpeta de sus expedientes. Tenía que ir. No se le ocurría ninguna excusa y, de todas maneras, estaba seguro de que lo que buscaba no se hallaba en la oficina. No serviría de nada quedarse allí. Salió y, tras avisar a Ana de que no volvería hasta el día siguiente, se dirigió al restaurante.

El Señor Gutiérrez hablaba y hablaba sin parar, pero Antonio no era capaz de concentrarse en la conversación. Captaba retazos sobre el auge económico de la empresa, el enorme prestigio que estaban alcanzando, futuros planes de expansión…, lo suficiente para contestar con monosílabos cuando le preguntaba. Gracias a Dios, al Señor Gutiérrez le encantaba oír el sonido de su propia voz. Antonio pensó que si se muriese en la silla, le costaría un par de horas darse cuenta de que nadie le escuchaba. Por ello, pudo volver a concentrar todos sus esfuerzos en la idea que seguía dando vueltas por su cabeza. Mientras conducía hacia allí, se le había ocurrido que lo que debía recordar tenía que ver con su pasado y que debería mirar sus agendas de años anteriores. Por ello, lo único que deseaba en ese momento era que la reunión acabase por fin para correr hacia su casa a buscar. Y pensar que había pasado semanas obsesionado por esa reunión. Ahora daba igual, todo daba igual menos aquel espacio en negro en su memoria.

— ¿Qué me contestas, Antonio?

— ¿Qué…?— se dio cuenta de que debía llevar varios minutos sin escuchar una sola palabra de la conversación—. Perdone, me he distraído.

— ¿Estás bien?— el señor Gutiérrez frunció el ceño, mostrando con su expresión que el hecho de que uno de sus empleados se distrajera mientras hablaba, era nuevo para él—. Te preguntaba que opinabas sobre la posibilidad de ocupar el puesto de director del departamento jurídico.

— Ah, eso…— Antonio se quedó unos segundos mirando su plato, sin saber qué contestar. El señor Gutiérrez carraspeó, impaciente—. Bueno, claro que me gustaría.

—¿Que te gustaría? Pensé que te mostrarías más entusiasmado. Llevas años trabajando para lograr ese puesto.

Antonio volvió a sentir la ira creciendo en su interior. Era cierto que llevaba años trabajando para eso, viviendo para la empresa, sin importar que fuese fiesta, o que estuviese cansado o enfermo. Lo había dado todo por la compañía. ¿Era tanto pedir un día de su vida para ordenar sus pensamientos? Echando un vistazo a esos diez años, intentó encontrar momentos de su vida que no tuviesen que ver con su trabajo, momentos para él. Y no encontró nada. Sólo amigos distanciados, aficiones perdidas, sueños olvidados… Y sobre todas esas cosas la imperiosa necesidad de no fallarle a la empresa, de ser el número uno… Asombrado, se encontró preguntándose si en realidad había merecido la pena. Sin poder aguantar un segundo más, se levantó de la silla.

—Claro que estoy interesado, pero no me encuentro bien. Hablaremos de esto otro día. Ahora tengo que irme.

El señor Gutiérrez se quedó boquiabierto, mostrando la comida que estaba masticando en aquel momento, consiguiendo con ello que la ira de Antonio se disparase. ¿Por qué tenía que seguir haciéndole la pelota a aquel gordo presumido al que doblaba en inteligencia y capacidad de trabajo? En aquel momento se dio cuenta de que no lo admiraba, ni lo envidiaba, sino que lo aborrecía, que llevaba sintiendo odio y asco por él desde hacía años. O quizá por sí mismo, por obligarse a una sumisión que no soportaba. Todo su subconsciente pareció liberarse en un segundo, llenando su cerebro con los gritos de protesta que llevaba reprimiendo todo ese tiempo y que contestaban a su pregunta. No había merecido la pena. Estaba entregando toda su vida, se había convertido en un esclavo de gente a la que aborrecía por un trabajo. Antonio se odió al darse cuenta de que hace unos días habría entregado su alma por ese ascenso. Pero ya no. Además, su alma ya no debía valer nada. Llevaba acallándola tanto tiempo que casi la había matado. Pero ahora se había despertado y gritaba desesperada, exigiéndole que la sacase de aquel restaurante, de aquel trabajo, de aquella vida…

—Puedes irte, si quieres. Pero supongo que sabrás que tenemos varios candidatos más para ese puesto.

—Métanse el puesto por el culo, no lo quiero— la cara de asombro del señor Gutiérrez le animó a seguir hablando, eufórico—. Y pueden quedarse también con mi trabajo. Dimito.

Salió del restaurante, sintiéndose ligero, liberado, fijándose por primera vez en años en que el cielo era azul. Ahora podía volver a su casa a seguir con lo que de verdad era importante, buscar su recuerdo.

En el camino de vuelta a casa se sintió sorprendido por lo que acababa de hacer, pero sobre todo por cómo estaba afrontando la situación. Siempre que había pensado en la posibilidad de perder su trabajo, o de no ser el número uno, había sentido pánico y, sin embargo, ahora que esa posibilidad se había convertido en algo real, se sentía feliz. Y lo más importante, no sabía de qué manera, pero le parecía que aquel cambio radical en su vida le ponía en el camino correcto para recordar. No conseguía encontrar la relación, pero sabía que existía.

Llegó a su casa y se dirigió a la estantería en la que guardaba sus agendas de años anteriores por orden cronológico. Fue sacando una tras otra, revisándolas de manera frenética, dándose cuenta de que no eran más que una sucesión de días, semanas, meses, años iguales, sin emoción. Según iba revisándolas iba dejándolas en el suelo. Cuando hubo acabado con todas, empezó a buscar en las carpetas en las que tenía ordenados todos sus documentos y recibos. Fue sacándolos con rapidez, echándoles un vistazo, preocupado por si la velocidad le hacía perderse algún detalle importante, pero sabiendo que no había tiempo para una revisión más minuciosa.

Cuando terminó con todas las carpetas, echó un vistazo a su alrededor. El salón aparecía abarrotado de papeles, como si hubiesen llovido del cielo. Su impecable chaqueta y su carísima corbata italiana de seda estaban tiradas sin ningún cuidado sobre el sofá. Se levantó del suelo y encendió un cigarrillo, mientras observaba el caos en el que se había convertido su casa, su vida, su mente… Se miró en un espejo y se sorprendió de su reflejo. Estaba despeinado, con la ropa arrugada, pero sus ojos no le devolvían la mirada de hastío y preocupación que solía ver todas las mañanas. Le gustó esa mirada, así como el desorden de la habitación. Sentía que estaba siguiendo el camino correcto para salir de la absurda vida que había llevado hasta entonces y que cuando encontrase su recuerdo todo encajaría, como un puzle al que colocase la última pieza. Pero esa pieza tampoco estaba en casa.

Al mirar por la ventana volvió a fijarse en el radiante cielo azul. Era posible que pasear le tranquilizase. Hacia muchísimos años que no se dedicaba a vagar sin ir a ninguna parte, por el simple placer de caminar hasta encontrar un banco en el que fumarse un cigarrillo. Recogió su chaqueta y salió con ella colgada del brazo.

Empezó a vagar sin rumbo fijo, pero enseguida se dio cuenta de que extrañas sensaciones invadían su cuerpo, dependiendo del camino que eligiese. Había calles que, sólo con mirarlas, hacían que se acelerase su respiración, que las manos le sudasen, que su corazón latiese sin control, mientras que otras hacían que su ansiedad desapareciese por momentos, le producían la sensación de estar en el buen camino. Dedujo que, aunque conscientemente no pudiese recordar, su mente sabía lo que tenía que hacer, así que se dejó guiar. Le resultaba difícil comportarse de una manera tan pasiva, como si ya no tuviese las riendas de su propia vida, pero llevaba así desde que se había levantado y, por el momento, no podía quejarse del resultado. No recordaba el último momento de su vida en que se había sentido tan liberado, así que se dejó llevar.

Siguió caminando mientras el cielo iba volviéndose de un azul oscuro más y más profundo y las primeras farolas iban encendiéndose. Las calles fueron vaciándose de gente. Antonio fue encaminándose hacia calles cada vez menos concurridas, acelerando sus pasos al sentirse cerca de su objetivo. De repente, paró y miró alrededor. Aunque se encontraba muy lejos de los barrios que solía frecuentar, el paisaje le resultaba familiar. Se fijó en un pequeño parque vacío, en el patio de un colegio, en la fachada de una iglesia... A pesar de que el resto del paisaje había cambiado, de que los edificios eran más altos y nuevos, de que los comercios eran diferentes, reconoció el barrio al que solía venir con su grupo de amigos, cuando tenía dieciséis años. Recordó los primeros cigarrillos a escondidas, las primeras cervezas, las risas de entonces... ¿Donde estarían todos ellos? Y lo peor de todo, ¿dónde estaba aquel Antonio feliz y despreocupado? Sintió la amarga mordedura de la nostalgia por aquellos momentos y aquella forma de ver la vida que ya no volvería. ¿O quizá sí? Después de todo, había roto las cadenas que le sujetaban, podía volver a empezar su vida y esta vez lo haría bien.

Cumpliría sus sueños de adolescente: vendería el Audi y el apartamento y se compraría un jeep y una casa frente a la playa. Y un perro, sí. Uno enorme que llenase la casa de pelos. Y trabajaría solo, no volvería a inclinarse ante nadie. Y nunca más jugaría al paddle.

Respiró, llenándose los pulmones con la brisa cálida del anochecer. Se sentía pleno, eufórico... si no fuese porque todavía tenía que encontrar la última pieza... Volvió a caminar mientras encendía otro cigarrillo. Ya no se sentía angustiado, ni preocupado. El recuerdo aparecería y todo se completaría. Estaba seguro de ello.

Entonces lo vio. La entrada de un garaje, vacía y oscura. Y se vio a sí mismo, con dieciséis años, en ese garaje. Llevaba el pelo más largo y unos gastadísimos pantalones vaqueros que le encantaban. Llovía a cantaros y en el cielo brillaban los relámpagos. La tormenta de verano caía con toda su fuerza y él reía cuando Raquel se apretaba contra su pecho cada vez que sonaban los truenos. Él la abrazaba fuerte para protegerla y le susurraba al oído que nada malo iba a pasar. Raquel, su primer amor. ¿Cuánto tiempo hacía que no se acordaba de ella? Y entonces una luz se hizo en su mente, llenando por fin el vacío. Se oyó a sí mismo, repitiendo la promesa que hiciera tanto tiempo atrás:

—No importa lo que pase, ni donde vayamos. Dentro de veinticinco años, yo estaré aquí, el mismo día a la misma hora y te seguiré queriendo igual que ahora. ¿Vendrás?

Ella había sonreído y le había besado y él, sintiéndose la persona más feliz del mundo, había confirmado:

—Bien, entonces tenemos una cita. No lo olvidaré.

Se sintió por fin liberado de la opresión, de la sensación de urgencia. Por fin lo había recordado. A pesar de la tranquilidad y de lo dulce del recuerdo, se enfadó consigo mismo. ¿A eso venía toda aquella obsesión, todo ese torbellino?

Era cierto que nunca había vuelto a encontrar a nadie que le hiciese sentir como Raquel, pero, ¿de qué le servía haberlo recordado? Ella no iba a venir, de hecho no estaba allí.

Con una sonrisa triste arrojó el cigarrillo al suelo y se giró para volver a casa. Y entonces la vio, con las luces de las farolas dorando su silueta y su voz sonando igual que años atrás y despertando sentimientos que él creía muertos:

— Estás aquí. Pensé que no lo recordarías.

Cuando él se acercó y le tomó la mano, sonó el primer trueno.

# 7. Últimos sobre la Tierra

No puedo seguir soportando sus gemidos de agonía. Está tardando en morir mucho más de lo que esperaba. Me levanto de la silla y me dirijo a la cama para mirarle. El olor del vómito es aún más penetrante y nauseabundo según me voy acercando.

Al oír mis pasos, abre los ojos y me mira. Están nublados, opacos. Creo que ya no puede verme, pero sabe que estoy aquí y pronuncia unas palabras que no logro comprender. Supongo que me está pidiendo ayuda, pero ya no puedo hacer nada por él. Me giro y salgo de la casa. No puedo aguantar la oscuridad, la fetidez, la presencia tan cercana de la muerte, los recuerdos de las muertes pasadas...

Cruzo las calles del pueblo, flanqueada por las farolas apagadas. Mis pasos resuenan en el empedrado, produciendo la impresión de que alguien me sigue. Ni una sola vez giro la cabeza para asegurarme. Sé que no hay nadie.

Abandono el pueblo y despacio, tranquila, me dirijo a una colina cercana. Paseo contemplando el paisaje hasta que encuentro un lugar en el que pueda esperar las horas que quedan. Me siento al pie de un árbol y contemplo el anochecer, la bruma dorada sobre las colinas, los árboles mecidos por la brisa suave. Por unos segundos me engaño con la sensación de paz de una soledad buscada, imagino que he acudido a esa colina a buscar la tranquilidad que no puedo encontrar en un mundo frenético. Y durante esos segundos, la soledad vuelve a ser mi compañera, no mi enemiga ni mi terror más profundo.

La paz del momento me hace recordar los antiguos tiempos: las conversaciones con los amigos, el trabajo, las noches con mi familia, los bares, los cines, las miles de caras anónimas por las calles… Pienso en todo eso que una vez tuve y que se ha ido para siempre y vuelvo a sentir el dolor de esas pérdidas, de no poder hacer nada para que el tiempo vuelva atrás. Y, sin que pueda evitarlo, el recuerdo vuelve…

Sé que nunca podré olvidar aquel día. Desperté y en mi casa todos estaban muertos. En los primeros momentos creí enloquecer. Corrí de habitación en habitación, gritándoles, llamándoles, tratando de despertarles, mirando sus caras, tan indiferentes, tan tranquilas que daban la impresión de estar en un profundo sueño. Desesperada, marqué el número de emergencias. Nadie contestó. Llamé una y otra vez, pero sólo escuché el sonido de la línea.

Salí de la casa y fui llamando a todas las puertas del edificio. Nadie abrió. No había ninguna explicación para aquello, mi angustia iba creciendo cada vez más, impidiéndome que parase unos segundos a preguntarme qué estaba pasando. Grité pidiendo ayuda, lo más fuerte que pude, pero mis gritos se perdieron, como en una pesadilla.

Corrí al exterior, aún gritando, buscando a cualquier persona que pudiera ayudarme, pero no encontré a nadie. Seguí calle abajo, cada vez más rápido. Mi mente se negaba a creer que aquello fuera real, intentaba convencerme de que estaba corriendo en un sueño del que pronto despertaría. Entonces tropecé y quedé en el suelo, llorando, rendida por la desesperación y la angustia. El dolor en mi pierna derecha fue tan fuerte y punzante que pareció querer llamar mi atención, convencerme de que aquello era real, de que estaba despierta. Cuando mis sollozos fueron remitiendo me di cuenta de algo que no había percibido hasta el momento. El silencio. Un silencio total, absoluto. Ni coches, ni voces, ni risas, ni pasos… Sólo silencio. La verdad se abrió paso en mi mente, destrozándola. Todos estaban muertos.

Me levanté y eché a andar, despacio esta vez, girando sobre mi misma para contemplar la ciudad vacía, negándome a aceptar aquella verdad que cada vez era más innegable. No podía ser, tenía que haber alguien más. Empecé a recorrer las calles cercanas. La rodilla derecha dolía y sentí como la sangre bajaba por la pierna, cálida y viscosa, pero no le hice caso. Seguí andando, recorriendo la ciudad, mirando calle tras calle, buscando… Gritaba de vez en cuando, esperando encontrar a alguien que pudiese aliviar esa soledad completa, pero sólo el sonido del viento entre las calles me respondía.

Entonces escuché el lejano sonido del motor de un coche. Corrí hacia allí, arrastrando la pierna, que cada vez dolía más, pronunciando en susurros mi oración una y otra vez. Por favor, no te vayas. Por favor, no te vayas. Por favor, no te vayas…

El ruido del motor fue haciéndose cada vez más cercano. Ya sólo debía estar a dos calles. Sentí tanto alivio, tanta alegría, que empecé a llorar de nuevo. Intenté acelerar mi paso sin hacer caso de las lacerantes punzadas de mi pierna. Por fin lo vi y al acercarme mis esperanzas desaparecieron de nuevo. El coche estaba empotrado contra una farola, con el motor aún funcionando. Su ocupante estaba muerto, sin ninguna herida visible. Había muerto sin enterarse, como mi familia, ya que en su cara descubrí la misma expresión de placidez que había visto en la de ellos.

Caminé durante horas. Encontré a varias personas más, todas muertas: vagabundos que dormirían para siempre en un banco, gente al volante de sus coches o sorprendida por la muerte en su puesto de trabajo… Y a todos les envidié esa expresión de tranquilidad. ¿Por qué se habían marchado todos? ¿Por qué me habían dejado sola en un mundo muerto?

No sé cuánto tiempo más seguí vagando hasta conseguir convencerme de que no había nadie. Toda la ciudad estaba muerta. Pero quizá sólo había sucedido aquí. Tendría que quedar alguien en algún lugar. Volví hasta mi casa, recogí algo de ropa y las llaves de mi coche y me marché para siempre, sin atreverme a entrar en las habitaciones en las que mi familia dormiría eternamente.

Pasé días, quizá semanas, recorriendo ciudades en mi coche, buscando a alguien. Conducía despacio, esperando que apareciesen alertados por el ruido de mi motor. Visitaba todas las calles y esperaba algunas horas a la salida de la ciudad, siempre reacia a darme por vencida, a aceptar que acababa de recorrer otro cementerio.

Así día tras día. Y después llegaban las noches, vacías de todo sonido, aterradoras por su soledad y su silencio, llenas de preguntas. ¿Qué había pasado? ¿Por qué habían muerto todos? ¿Cómo? ¿Y por qué yo no? Nunca más hubo televisión, ni radio. Nunca hubo explicaciones. Sólo preguntas sin respuesta posible.

Las noches eran lo que más me atemorizaba. En cuanto el sol empezaba a esconderse tras el horizonte, tiñendo el cielo con sus brillos anaranjados, el desanimo se apoderaba de mi mente y volvía a sentir con toda su fuerza los ancestrales miedos que desde siempre ha tenido el ser humano: miedo a estar solo, miedo a la oscuridad, a la noche y a lo que ésta pudiese ocultar. Y habría dado con gusto esa oportunidad de seguir viva, que se me había regalado sin yo pedirlo, a cambio de poder compartir esas noches con alguien, de estar en un grupo, oyendo sus voces, sus risas, sus cantos rodeando una hoguera, sintiéndome parte de algo más grande que evitaría que cualquier mal pudiese acercarse. Pero cada día el atardecer volvía a sorprenderme sola y aterrada.

Paraba mi coche en la cuneta y me quedaba muy quieta, abrazándome con fuerza las rodillas, encogiéndome lo más posible, sintiendo como el miedo iba creciendo a medida que la oscuridad se acrecentaba. Podría haber encendido yo misma esa hoguera para alejar la oscuridad unos centímetros, pero me parecía que sin los demás no tendría sentido, que lo único que haría sería aumentar aún más la sensación de abandono. Y además, me daban miedo las sombras que podrían producirse con su suave luz y en las cuales me parecería ver las caras llenas de envidia y odio de todos los que habían muerto, de todos los que no habían tenido esa oportunidad de seguir viviendo que yo no apreciaba y que, sin embargo, quería conservar a toda costa. Pasaba las noches vigilando, negándome a quedarme dormida por si la muerte, que en su primer rápido paso se había olvidado de recogerme, se daba cuenta de su error y decidía volver a por mí. No quería que me encontrase durmiendo, quería saber el cómo, el por qué... Y así, las lágrimas y el miedo eran mis únicos compañeros de cama, hasta que el agotamiento me hacía caer rendida. Y a la mañana siguiente me despertaba, con esperanzas renovadas, convencida de que aquella horrible noche sería la última en soledad, de que ese día encontraría a alguien. Y volvía a buscar.

Poco a poco el aire de las ciudades volvió a hacerse respirable, el aroma de la muerte fue retirándose de las calles. Empecé a recorrer las ciudades y pueblos con las ventanillas abiertas y la música saliendo por ellas, como un canto de bienvenida, una llamada a la reunión y la compañía que, ciudad tras ciudad, sólo sirvió como canto fúnebre para los miles de cadáveres dormidos en los edificios.

No sé cómo no me volví loca. Creo que mi mente se negó a reconocer en todo momento que yo podía ser el único ser humano del planeta, que la esperanza mantuvo mi cordura, que los recuerdos de aquella otra vida, que cada día resultaba más lejana y borrosa en mi recuerdo, me daban fuerzas para seguir luchando por volver a tener un amigo, un compañero de viaje, una familia...

Y un día le encontré. Entré en un pequeño pueblo, igual a tantos otros, con la misma canción que yo ya no oía por la costumbre sonando atronadora. Recorrí las calles despacio, mirando las aceras vacías, las casas cerradas, las ventanas ciegas... Y entonces le vi, en medio de la plaza, sentado en el bordillo de una fuente de la que ya nunca más manaría agua. Al principio se mantuvo tan quieto, tan gris, tan semejante a la materia muerta de su alrededor que no le distinguí. Al fijarme mejor, intentando saber si mis ojos volvían a crear ilusiones inútiles y dolorosas, se giró hacia mí y se quedó mirándome, esperando.

Bajé del coche y fui hacia él. No avanzó un paso, no dio ninguna muestra de alegría, ni de bienvenida. Se comportó como si siempre hubiese sabido que yo llegaría y le encontraría, como si no me quedase otra salida que llegar hasta él. O como si no le importase si le encontraban o no.

Le hablé y me contestó con monosílabos, en un idioma que identifiqué como francés. Intenté que nos entendiésemos hablándole despacio, usando signos... emocionada con la posibilidad de volver a comunicarme, pero él no pareció interesado. Se levantó de la fuente y empezó a caminar. Le seguí hasta una casa, dos pasos detrás de él, sin decir una palabra, decidida a seguirle a cualquier lugar, feliz por haberle encontrado. Me señaló la cama en la que dormiría y volvió a salir. Me quedé allí, sintiéndome aún más sola de lo que lo había estado hasta el momento. Al cabo de unas horas de esperar, me quedé dormida.

Desperté por el sonido que producía su cuerpo metiéndose en mi cama. Abrí los ojos y vi la luz de las estrellas a través de la ventana. Su sombra enorme se deslizó sobre mi cuerpo. Empezó a moverse y yo le dejé hacer, reconfortada por sentir a alguien a mi lado. Se movía sin pasión, sin energía, como si estuviese cumpliendo con una tarea que le desagradaba. Cerré los ojos e intenté no pensar, no darme cuenta de que él sólo veía en mí un vehículo de reproducción, un animal de cría, un futuro para el género humano. Yo sólo quería compañía, había pasado meses imaginando a alguien que me quisiera, unas manos amables, una voz suave, una sonrisa... Pero el empuje mecánico de su cuerpo sobre el mío, el agridulce olor del sudor en su piel, la fetidez del alcohol en su aliento me sacaron de la ilusión para hacerme sentir más vacía. Y más sola.

Cuando terminó, se levantó y se marchó a otra habitación. Y así, día tras día y noche tras noche, nunca tuvo una sonrisa o una palabra de afecto para mí. Nos limitábamos a compartir espacio, a sobrevivir en un mundo que ya no nos quería, a intentar resucitar la esperanza para una especie que debería haber desaparecido.

Aun así seguí intentándolo. Ahora que le había encontrado, no podía rendirme tan fácilmente. Mis sueños de volver a ser parte de un grupo, de una pequeña sociedad, volvían a mi mente una y otra vez y me daban nuevas fuerzas para intentar relacionarme con él, para mentirme y no ver la magnitud de su odio hacia mí, para ignorar el desprecio que sentía y que me demostraba en cada pequeño gesto.

Busqué libros en el pueblo e intenté aprender su idioma. Cada día, cuando él llegaba, yo trataba de sorprenderle con las cosas nuevas que había aprendido, le decía las palabras en los dos idiomas, intentando que él se involucrase en aquel esfuerzo por comprendernos, por comunicarnos, por volver a comportarnos como dos seres humanos. Pero él nunca intentó nada. Se limitaba a sentarse frente a una ventana, contemplando el pueblo muerto.

Yo le sonreía a todas horas, intentaba seguirle, me comportaba como un perro fiel que llora y suplica por una caricia de su amo. Pero nunca conseguí nada. Era como si yo no estuviese ahí o como si no tuviese más importancia que un mueble. Tampoco hizo nunca ningún intento por que yo me marchase. Creó que me habría hecho menos daño si me hubiese echado de su lado. Al menos eso habría indicado que notaba mi presencia, que yo producía alguna reacción en su ánimo. Pero ni siquiera me odiaba, ni siquiera le molestaba. A veces pienso que se había convencido de tal manera de que él era el único ser humano del planeta que nunca me reconoció como tal.

La vida con él me resultaba insoportable. Casi habría preferido no haberle encontrado nunca. La soledad a su lado se hacía más palpable, más pesada… Empecé a pensar en abandonarle, en marcharme de nuevo a buscar vida en las ciudades muertas. Un par de veces me dirigí a mi coche, dispuesta a irme para siempre, pero no me atreví. Estar con él era una salida fácil. Al menos alejaba el miedo, mantenía la noche y la locura algo más lejos de atraparme. Sabía que volvería con él cuando la noche llegase y me diese cuenta de que estaba en un mundo demasiado grande, demasiado vacío…

Pero tampoco podía quedarme a su lado. Su falta de emociones, su evidente desprecio hacia mí me hacía demasiado daño. Pasaba horas preguntándome por qué me alejaba así de su lado, por qué nunca quiso intentarlo. Al fin llegó un día en que me di cuenta de que me daba igual. Le odiaba tanto como le necesitaba.

La idea de acabar con él fue haciéndose cada vez más fuerte. Si eliminaba del todo la posibilidad de regresar a su lado, podría volver a ser libre. Intenté durante semanas apartar esa idea de mi cabeza. Me decía que estaba loca, que no podía ser tan malo, que al menos con él no estaba sola... Traía a mi mente los recuerdos de esas noches en mi coche, vigilando la oscuridad asustada, suplicando por tener a alguien. Y ahora lo tenía, debería conformarme, ser realista y adaptarme. Y volvía a intentarlo durante unos días para volver a chocar contra sus muros. Y volvía a sentirme sola y a pensar en su muerte, en recuperar mi libertad. Si no acababa con él, no podría volver a ser una persona. Nunca sería libre mientras me atase con su mirada, no mientras continuase despojando mi espíritu de todo valor con su desprecio.

Así que lo hice. Entré en una farmacia y busqué algo con lo que envenenarle. Él se lo tragó todo sin percatarse de mi presencia, como siempre. Me sentí triunfal, poderosa. Tenía su vida en mis manos, podría haberlo evitado con un gesto, con una palabra. Pero no lo hice, por todos los gestos que él no hizo, por todas las palabras que no pronunció y que podrían haberme salvado de la soledad, que le habrían salvado a él de la pena de muerte que había tenido que imponerle. Mientras ingería la cena del condenado yo fui recontando las sonrisas que no me había dado, las emociones que me había negado.

Después se fue a dormir. Al cabo de unas horas empezó a gritar de dolor. Me acerqué a su cama y le miré a los ojos y por fin descubrí emoción en ellos. Sabía que se moría, tenía miedo y me pedía ayuda. Por fin valía algo para él, por fin me necesitaba. Pero era tarde. Me giré y volví a mi habitación. Por primera vez en meses me dormí sin derramar una lágrima.

Ya es noche cerrada sobre la colina. Las estrellas brillan frías en lo alto. Me pregunto si alguien más las estará contemplando, en algún lugar del mundo, si mis sueños de encontrar a alguien que me quiera y me acepte, que me devuelva a la vida, tienen todavía alguna oportunidad de hacerse realidad.

Empiezo a bajar la colina y me dirijo de nuevo a la casa. Tengo que comprobar que está muerto. No quiero tener ninguna esperanza que pueda hacerme volver a buscarle, no debo volver a caer en esta trampa en la que he permanecido atrapada durante meses, viendo como mi vida se escapaba sin tener valor para hacer nada. Esta historia debe acabar aquí, debo empezar renovada, sin ninguna carga detrás, sin pasado… Cuando lo haya comprobado, cogeré de nuevo mi coche y volveré a recorrer ciudad tras ciudad, buscando a alguien a quien poder mirar a los ojos sin caer en un abismo.

La duda vuelve a asaltar mi mente. ¿Y si no hay nadie más? ¿Y si he acabado con la mitad de la humanidad? Quizá sea mejor así, quizá el ser humano esté destinado a matarse entre sí, a luchar mientras haya alguien con quien hacerlo sobre la faz de la Tierra. Quizá el momento del final de la humanidad había llegado y nosotros éramos un fallo. No lo sé y no quiero planteármelo. No quiero pensar en nada más, solo en seguir buscando mi sitio, seguir buscando, seguir buscando…

# 8. Tibia venganza

Observó cómo los últimos habitantes del pueblo traspasaban la puerta del cementerio. Encendió un cigarrillo y se quedó mirando el agujero en el que reposaban los restos de su padre. Horas más tarde, el enterrador vendría a sellar la tumba con cemento y a colocar la losa de mármol pero, por el momento, estaría a solas con su cuerpo y sus recuerdos.

Siente el viento en su pelo, las piernas pesan cada vez más, pero sigue corriendo, cada vez más fuerte. Oye los gritos de su padre animándole, unos metros más adelante. Cruza la línea de meta y se agacha, intentando recuperar el aliento. Al levantar los ojos encuentra la sonrisa de su padre, su mirada brillante. Lo ha hecho, ha ganado la carrera. Su padre le da una palmada en la espalda y le sube a sus hombros. Se dirigen al bar cantando "campeones, campeones". Su padre invita a una ronda a todos los que están allí y les cuenta como su hijo, con solo seis años, ha ganado a otros niños mucho mayores y que será un gran campeón. Todo el mundo le felicita y le alborota el pelo y le da palmadas cariñosas.

Miró el ataúd de nuevo, pensando que esos momentos felices quedaron ya muy lejanos, casi como si los hubiese soñado. Caminó unos pasos y se colocó delante de la otra tumba, cerrada hace apenas tres meses. Paseó los dedos sobre el nombre de su madre, grabado en letras doradas sobre el mármol negro, con el mismo cariño que si acariciase su rostro. Pensó con amargura en cuanto la había odiado cuando era niño, en lo difícil que le había resultado comprenderla.

La luz de su cuarto está apagada, debe ser todavía de noche. En un primer momento no sabe por qué se ha despertado, pero entonces lo nota. Su cama esta empapada, de un líquido tibio que baja por los pantalones de su pijama. Se sonroja por la vergüenza. ¿Cómo ha podido hacer eso? Ya no es un niño pequeño, tiene casi siete años.

Llama a su madre, en susurros al principio. Sabe que aún están despiertos, puede oír el rumor de la televisión. Empieza a llamarla en voz más alta y ella acude. Cuando entra, él destapa la cama y, sin mirarla ni decir una palabra, le enseña la mancha amarillenta que empapa el colchón. Ella se queda en la puerta durante unos segundos y cuando él levanta la vista, le dice:

— Espera a que se haga de día. No me llames hasta entonces.

Vuelve a apagar la luz y sale. Él se queda sentado en la cama, a oscuras, incapaz de volver a dormir. El líquido de las sabanas va enfriándose, haciéndole tiritar. El olor invade toda la habitación. Se echa a llorar, intentando entender por qué su madre le trata así, esperando que en cualquier momento ella entre de nuevo.

Retiró las flores marchitas que adornaban la tumba de su madre y colocó uno de los ramos que los vecinos habían traído para el funeral. Lo que había sucedido aquella noche se había repetido muchas más veces y ella siempre se había comportado igual, dejándole solo y lloroso hasta que su padre se marchaba a trabajar al amanecer. Pensó muchas veces en contarle a su padre como le trataba para que él la riñera por portarse así con su campeón. Sabía que a su padre sí le haría caso, que la reñía muchas veces cuando él estaba en la cama y pensaban que no oía los golpes y los sollozos de su madre. Recordó con amargura como había pasado años pensando que su madre debía ser muy mala para que su padre tuviese que castigarla tanto. Nunca le había dicho nada. A pesar de odiar como le trataba, siempre le dio pena oírla llorar.

Abre los ojos a la luz de la mañana. Se levanta corriendo y va a la habitación de sus padres. Es domingo y su padre le deja meterse en la cama hasta que su madre les trae el desayuno. Le gustan esos momentos, los dos solos escuchando en la radio las noticias deportivas.

Su padre le sonríe y le saluda con un "hola, campeón" mientras da unas palmaditas en la cama, a su lado, invitándole a subir. Él entra en la cama y se tumba, acurrucándose en las mantas. Oye los ruidos de su madre en la cocina y siente el calor del cuerpo de su padre al lado del suyo. Se siente tranquilo y a gusto. Sin darse cuenta, vuelve a quedarse dormido, arrullado por el sonido de la radio. Unos gritos de su padre le hacen volver a despertarse:

— ¿Qué cojones has hecho? ¡Puto crío de mierda!

Su madre llega corriendo desde la cocina. Su padre se ha levantado y ha destapado la cama. Un charco amarillento se extiende por las sabanas. Su madre corre hacia él, pero su padre le corta el paso y la empuja contra una pared. Ella se queda sentada en el suelo, llorando y mirándoles asustada.

— ¡Mierda de niño! Te voy a enseñar yo a mearle a tu padre— grita mientras suelta los botones de su pantalón de pijama.

Apagó su cigarrillo y volvió a contemplar la tumba de su padre, donde descansaba inerte el hombre que les aterrorizó durante tantos años. Desde aquel día había dejado de ser su campeón, no había vuelto a acompañarle a los entrenamientos, ni le había llevado más al bar para presumir delante de sus amigos. Poco a poco, había ido comprendiendo la conducta de su madre, su afán por esconder delante de su padre que su hijo no era perfecto, igual que había escondido delante de todo el pueblo que su matrimonio era un infierno.

Ahora todo había acabado, para su madre y para él. Todos los golpes que habían sufrido, todo el terror, todo el odio. O quizá el odio no. Seguía sintiéndolo dentro, quemándole, y ahora que su objeto había muerto no sabía cómo descargarlo, cómo devolverle algo de ese dolor. Aunque quizá sí había algo que podía hacer. Se desabrochó el pantalón y se quedó contemplando el chorro dorado, disfrutando del sonido del tamborileo contra la madera como si fuese música. Volvió a atarse los pantalones y sonrió:

— Devuélvemelo otra vez si puedes, hijo de puta.

Volvió a poner su mano durante unos segundos en la fría superficie de mármol de la tumba de su madre y después se alejo, sintiéndose mucho más ligero.

# 9. Segunda oportunidad

I

El viento atraviesa mis ropas, empapadas por el frío sirimiri, estremeciendo mi cuerpo con su caricia. Levanto la vista al cielo, que muestra ese gris plomizo que sugiere que la lluvia no cesará nunca. Echo la mirada atrás para contemplar cómo está el resto del grupo. Los niños están cansados y arrastran los pies sobre los charcos que inundan la agrietada carretera. Los más pequeños ya no quieren seguir andando. Algunos miembros del grupo los llevan en brazos. Los niños han apoyado la cabeza en su pecho, como si fuesen a quedarse dormidos mientras avanzamos.

No podemos seguir andando mucho más y el frontón que se alza a unos doscientos metros parece un buen lugar para pasar la noche. La pintura está desconchada y la hiedra y el musgo han comenzado la conquista de sus muros, pero el tejado parece en buen estado. Calculo que estaremos a algo más de un kilómetro de Basauri y que la inclinación del terreno evitará que puedan ver nuestra hoguera desde la ciudad. Doy la orden de acampar y de estar preparados para partir al alba. Debemos cruzar la ciudad mientras los vigilantes están dormidos.

En pocos minutos, gracias a la rutina de tantas noches, el campamento está listo. Parte del grupo busca leña, otros empiezan a preparar la cena con las pocas latas de comida que hemos conseguido encontrar en el camino, otros patrullan los alrededores y se preparan para el primer turno de vigilancia. En menos de una hora, todo el mundo ha comido y está descansando. Los niños duermen acurrucados en sus sacos de dormir, en lo más profundo del frontón.

Me siento junto a la hoguera, frotando mis manos para intentar que entren en calor. Debería irme a dormir, me toca el último turno de vigilancia antes del amanecer, pero no creo que pueda hacerlo. Me preocupa cruzar la ciudad, los rumores que hemos oído continúan girando en mi cabeza. Sonia está sentada a mi lado, abrazando a su pequeño dormido.

—Laura — me llama, susurrando—. Quería hablar contigo sobre lo de mañana.

—¿Qué quieres saber? — mi tono suena cansado, imagino lo que quiere decirme.

—Creo que deberíamos asegurarnos de que lo que nos contaron es cierto — clava sus ojos en los míos, intentando parecer firme—. No podemos fiarnos de unos rumores.

Suspiro cansada antes de contestar y contemplo a su hijo dormido. Cada día está más delgado y parece perdido dentro de sus propias ropas. Su piel está tan pálida que unas pequeñas venas azuladas se translucen bajo sus ojeras. No me extraña que Sonia lo abrace tan fuerte. Yo también tendría miedo de que fuese volviéndose más transparente hasta desvanecerse por completo.

—Ya lo discutimos entre todos hace tres noches y decidimos

que debíamos intentar cruzar sin que nos vieran— contesto, intentando evitar la discusión.

—Pero la gente que vive en la cárcel de Basauri tiene protección. Hay altos muros y armas. Y están cultivando su propia comida— Sonia va elevando la voz mientras habla, provocando que su pequeño se agite en sueños. Sin embargo, está tan agotado que no se despierta—. Y tienen medicamentos, y su propia enfermería y hasta un pequeño quirófano…

—Sí, todos oímos todo eso— la corto con una voz más agresiva de lo que me hubiera gustado—. Y también oímos que viven en una tiranía, que los que tienen las armas utilizan a los hombres como esclavos y a las mujeres como bestias de cría, que asesinan a todos los que son débiles o ancianos. Y que también matan a los enfermos— al decir esto clavo la mirada en su pequeño, intentando que entienda lo que estoy sugiriendo—. ¿Es eso lo que quieres para ti y para Isaac?

Sé que estoy siendo cruel y me odio por ello. Comprendo que sólo quiera un lugar seguro, que esté cansada de vagar por las carreteras sin rumbo fijo. Pero tengo que conseguir que deje de engañarse, que se dé cuenta del destino que esa ciudad les ofrece. Sonia se mantiene en silencio durante unos segundos, abrazando a su hijo con fuerza.

—Él no va a poder soportar esto durante mucho tiempo— dice al final con un hilo de voz que acaba en un sollozo ahogado—. Sólo quiero que volvamos a tener una vida normal.

—Todos lo queremos, pero eso se acabo— pongo una mano en su hombro para tratar de consolarla—. Ya te he dicho que Isaac no morirá. Es bronquitis, se pondrá bien en cuanto mejore el tiempo.

— ¿Puedes asegurarme eso?— su voz, aunque sigue siendo baja, se ha convertido en un rugido grave, como el sonido de un felino antes de saltar. Se mueve con brusquedad para apartar su hombro de mi mano.

— Ya nadie puede asegurarte nada. Las compañías de seguros se extinguieron, como los dinosaurios— intento bromear, pero su mirada furiosa me indica que no está funcionando—. Lo único que nos queda ahora es confiar los unos en los otros y luchar juntos para seguir adelante.

Sonia no contesta. Se levanta con Isaac en brazos y se dirige al fondo del frontón. La llamo de nuevo:

— ¿Lo pensarás al menos? Sé que esto no es un hotel de cinco estrellas— le digo señalando el frontón—, pero al menos somos libres.

— ¿Crees que me importa algo tu puta libertad?— la voz le tiembla y, a la luz cambiante de la hoguera, distingo sus mejillas inundadas de lagrimas.

Se gira de nuevo y se pierde entre las sombras del frontón, a pesar de que la llamo un par de veces más. Sé que se marcharan. Ya ha pasado más veces. Hay gente que no es capaz de comprender el mundo en el que vivimos ahora. Siguen añorando su jornada de trabajo, su seguridad social, volver a una casa con calefacción central a sentarse en el sofá, frente a su televisión de cuarenta pulgadas. Nada de eso volverá y no aceptarlo en los días que nos ha tocado vivir es un error que puede conducir a la muerte.

Para cuando la primera claridad del alba empieza a iluminar

tenuemente los nubarrones del horizonte llevo un par de horas despierta, haciendo guardia al lado de las ascuas de la hoguera. Todo el grupo continúa profundamente dormido. Quizá sea éste el momento del día que más me gusta, el momento en que puedo ser de nuevo simplemente Laura, una chica que se siente sola y triste por todo lo que ha perdido y asustada por todo lo que puede perder.

Unos pasos furtivos dentro del frontón me hacen girarme. Sonia se desliza entre las sombras, con la mochila al hombro y su hijo apoyado en la cadera. Se va, nada de lo que estuvimos hablando sirvió para nada y nada de lo que pueda decirle ahora la hará cambiar de opinión.

Cuando ha avanzado unos cincuenta metros se gira y mira de nuevo al frontón. Me pongo de pie despacio, tratando de no asustarla, y agito mi mano en señal de despedida. Quiero transmitirle tantas cosas con este gesto: que no la odio, que la comprendo, que me siento muy triste por su marcha, que le deseo suerte… Pero creo que ella no comprende nada de todo eso. Abraza con más fuerza a su hijo, se gira y se aleja a paso rápido, como si fuésemos a intentar detenerla.

Seco un par de lágrimas furtivas y empiezo a despertar a los demás. Es posible que Sonia, para intentar salvar la vida de Isaac, olvide demasiado pronto que fuimos sus amigos y decida vendernos a los habitantes de Basauri. La gente remolonea unos segundos dentro de sus sacos de dormir y algunos de los niños protestan un poco, pero en menos de un cuarto de hora todos estamos preparados para partir.

Nos acercamos a la entrada de Basauri perseguidos por la luz del alba, que ya empieza a despuntar, pálida y enfermiza, tras las montañas. Los altos muros de la cárcel destacan imponentes en la penumbra. Observó el terreno, agazapada tras un coche abandonado. Tenemos que cruzar un pequeño parque y llegar hasta el puente que se adentra en la ciudad. Sólo estaremos unos cincuenta metros a la vista de las torres de la cárcel y aún está bastante oscuro. Debería ser fácil cruzar sin que adviertan nuestra presencia, pero me siento nerviosa y asustada.

Por señas indicó a la gente que se acerque. Les explico que iremos pasando el puente en parejas o tríos, agachados y sin hacer ruido y que, en cuanto podamos, nos pegaremos a los edificios. La gente asiente e intenta explicar a sus pequeños que deben estar muy callados.

Le indicó a Fran que él y su hijo Eneko serán los primeros. Se deslizan por el parque en silencio, escondiéndose cada vez que pueden tras un matorral o un banco. Por fin llegan al puente y, durante unos segundos que me parecen eternos, quedan totalmente expuestos, corriendo en la penumbra del amanecer. Me parece que sus pasos apagados retumban con estrepito despertando ecos en los vacios edificios y que será imposible que no les descubran. Durante un momento puedo imaginar perfectamente una ráfaga de balas saliendo de una de las torres, impactando en sus cuerpos indefensos, haciéndoles bailar una danza macabra sobre ese puente. Imagino sus cuerpos tendidos en el suelo, su sangre mezclándose con el agua de los charcos… Pero no sucede nada. Llegan a los primeros edificios y Fran se gira para hacernos un signo de victoria antes de desaparecer tras la primera esquina.

Van pasando los demás: Cristina con su hijo Unai, Mónica con su pequeña Leire… Empiezo a pensar que lo conseguiremos, aunque me parece que tardan demasiado y que cada vez hay más claridad.

Les toca el turno a Alejandro y sus tres hijos. Le hago una seña para que no salga y me acerco a él.

—No podrás pasar con los tres niños a la vez— le susurro—.

Coge a uno de ellos. Alicia y Juan pasarán con los otros dos.

—No, ni hablar— acaba de cargarse al pequeño David en brazos e intenta que se mantenga solo, mientras le tiende la mano a sus hijas Silvia e Isabel—. No pienso dejar a ninguno atrás.

—No seas cabezota. No te estoy pidiendo que los abandones— insisto enfadada—. Estarán contigo en menos de cinco minutos.

— No. Puedo hacerlo solo.

Se pone en pie y empieza a correr por el parque, sin dejarme discutir más. Observo sus pasos torpes, al niño bamboleándose colgado de su cuello, a las dos niñas corriendo torpemente agarradas de sus manos. Si no lo consiguen, nos pondrán en peligro a todos. Atraviesan el parque y, por un instante, pienso que lo lograrán, pero, en ese momento, Isabel se atraviesa frente a los pies de su padre y todos tropiezan. Los demás observamos su caída en total silencio, sin atrevernos siquiera a respirar. En ese silencio, el grito de dolor de David atraviesa la noche, con la potencia de una sirena de bomberos. La luz de una linterna surge de una de las torres de vigilancia, dejándolos tan expuestos como un insecto al microscopio. Salgo corriendo de mi escondite, disparando una ráfaga de balas contra la torre.

— ¡Moveos todos!— les grito mientras corro hacia Alejandro y sus hijos, que continúan paralizados en el suelo—. ¡Corred, maldita sea!

Todo el grupo cruza el parque detrás de mí. Agarró a Daniel, que continua gritando a pleno pulmón y me lo cargo en la cadera. Empujo a Alejandro, intentando que reaccione. Por unos segundos me mira asustado, como si no supiera dónde está o qué es lo que tiene que hacer. Finalmente reacciona, coge a sus otras dos hijas y corre hacia el puente.

Vuelvo a disparar hacia los muros de la cárcel, a pesar de que ellos todavía no han respondido a nuestros disparos. Quizá los rumores eran falsos, quizá no haya un ejército de desalmados esclavistas escondidos en ese edificio, quizá sólo sean un grupo de personas asustadas como nosotros. Pero en ese momento empiezo a escuchar el tañido de una campana dando la alarma y el tableteo de los primeros disparos.

Carlos me empuja hacia el puente mientras dispara a nuestros invisibles atacantes. Jon y Daniel se colocan a su lado, cubriendo nuestra retirada. Les miro por un momento. Me gustaría quedarme con ellos, disparar hasta que me derriben y acabar con toda esta mierda, pero los sollozos de Daniel, aun apoyado en mi cadera, me recuerdan que debemos escapar. Carlos se gira y me dirige una sonrisa, no sé si para tranquilizarme o para despedirse.

Empiezo a correr junto al resto del grupo. Los niños siguen llorando asustados mientras cruzamos la ciudad abandonada. Durante todo el camino sólo se escuchan sus sollozos, el ruido de nuestros pasos a la carrera sobre el asfalto y, de vez en cuando, disparos cada vez más lejanos. Con cada estallido mi respiración se paraliza, pensado quién habrá caído, qué compañero habremos perdido esta vez.

Cuando conseguimos llegar a la salida de Basauri, hace tiempo que ya no se escucha ningún disparo. Es muy posible que los tres hayan caído intentando defendernos.

Alejandro se acerca y recoge a su hijo, que continua llorando. Intento no mirarle, incluso contengo la respiración, tratando de contener el torrente de palabras de rabia que amenaza con asfixiarme. Una vez libre de la carga del niño, pienso en volver, en correr hacia esa gente y vengar a mis compañeros, en disparar sin parar hasta caer abatida, pero sé que no serviría de nada. Después de todo lo que he pasado, sería una estupidez suicidarse así, aunque muchos días me dé la impresión de que supondría una salida más inteligente que seguir avanzando sin rumbo fijo para acabar muerta en algún camino desconocido.

Escucho unos pasos a nuestra espalda y me vuelvo con la escopeta preparada. Quizá vaya a tener la oportunidad de vengarme, de partir hacia el infierno llevándome algunos compañeros para el camino. La niebla aún no se ha levantado del todo y, durante unos segundos, no distingo nada. Al fin, las oscuras siluetas que se acercan se convierten en las figuras de Carlos y Daniel. Me quedó parada en medio de la carretera, forzando la vista para descubrir a Jon acercándose entre la niebla, pero no les sigue nadie más. Carlos niega con la cabeza: no lo ha conseguido.

Me giro sin decir nada, sin darles la bienvenida ni decirles lo mucho que me alegro de que se hayan salvado. Sé que no podría decir una sola palabra sin romper a llorar y no quiero que me vean así, no quiero que descubran lo que soy en realidad: una chica débil, asustada, pérdida… Alguien que no tiene ni idea de lo que está haciendo o adonde va, ni adónde les está conduciendo a todos.

Acelero el paso y me coloco a la cabeza del grupo, unos veinte metros por delante. Quiero estar sola y pensar en Jon, en lo poco que le conocía. Sólo sé que tenía unos veinticinco años y que había sido electricista. Era un chico tímido que solía sentarse separado del grupo, sin participar en las conversaciones alrededor de la hoguera. Simplemente se quedaba aparte y observaba una foto que sacaba con cariño de la cartera. Nunca le pregunté a quién había perdido. Ahora ya es tarde.

II

Entramos en Bilbao por Atxuri y nos dirigimos hacia la Gran Vía. Sigue haciendo frío y el cielo continúa cubierto, pero, al menos, ha parado de llover. Doy la orden de avanzar por la carretera, con los niños en el centro para evitar que vean con demasiado detalle los cadáveres que descansan dentro de los coches aparcados.

Todos los que llevamos armas nos colocamos en círculo, exhibiendo nuestras escopetas y pistolas. Hace ya muchos días que nos quedamos sin munición para la mayoría de ellas, pero, si conseguimos parecer peligrosos, es posible que no tengamos que utilizarlas.

La carretera está cubierta de cristales rotos. El viento se cuela por las ventanas abiertas de los altos edificios, entonando un lamento fúnebre, y nos trae el aroma de los cientos de cuerpos en descomposición. No sé si el olor ya empieza a ser más débil o si se deberá al paso por tantas ciudades con la misma atmósfera, pero empiezo a considerarlo soportable.

Cuando empezamos a cruzar el puente del Arenal, Alicia se coloca a

103

mi lado, a pesar de que le sobran muchos años y unos cuantos kilos para seguir mi paso. Está temblando, puede que de frío, puede que de miedo. Quizá por ambas cosas.

— No consigo acostumbrarme— su voz suena asustada, pero intenta disimularlo con una forzada sonrisa—. ¿Hay algo más aterrador que una ciudad vacía?

— Sí, una ciudad que parece vacía pero que no lo está— le hago una seña con la cabeza para que siga mi mirada hacia una ventana. Ella se gira bruscamente y una mano invisible deja caer una cortina—. Nos observan desde hace rato. Hay muchos.

— ¿Crees que nos dejarán pasar?— pregunta, acercándose aún más a mí.

— Supongo que sí. No llevamos nada que les pueda interesar y estamos armados— sonrío a Alicia intentando tranquilizarla—. No les conviene meterse con nosotros. No pasará nada.

Carlos se acerca a nosotras, agarrando su escopeta con tanta fuerza que los nudillos se han vuelto blancos.

— He estado hablando con algunos de los hombres y creen que deberíamos entrar al Corte Inglés a buscar provisiones.

— El supermercado está en el sexto piso— contesto mientras niego con la cabeza—. No voy a permitir que nadie intente subir seis pisos en completa oscuridad sin saber qué puede haber ahí.

— Pero puede que haya muchísima comida— Carlos protesta, pero afloja la presa que ejercía sobre su arma y su rostro se relaja. Intuyo que la idea de entrar no había sido suya.

—Y también muchísimos problemas— le sonrío mientras vuelvo a negar con la cabeza—. Ya lo decidimos hace tiempo. Sólo entraremos en edificios de los que podamos tener una buena visión desde la calle.

Carlos asiente y vuelve a ocupar su lugar en el círculo, tras cruzar unas palabras con algunos de sus compañeros. Algunos no ponen buena cara ante mi negativa, pero no protestan y continúan avanzando.

—¿Te sabes los números de piso de todas las secciones del Corte Inglés?— bromea Alicia a mi lado.

—No, por supuesto que no. Trabajaba ahí, de cajera en el supermercado.

Siento que mis mejillas arden al explicarlo. Siempre igual. ¿Por qué tengo que sentirme tan insegura? ¿Por qué siempre pienso que dejarán de considerarme una buena líder si descubren que en mi "vida anterior" yo era una persona mediocre, con una nomina miserable, que vivía de alquiler en un quinto sin ascensor?

—Yo creía que eras médico— contesta Alicia, avivando mis temores.

—Estudie medicina, pero vosotros sois mis primeros pacientes— le digo casi disculpándome—. Nunca conseguí ejercer y había que pagar las facturas.

—Todos teníamos que hacerlo, cariño— Alicia me acaricia el pelo, como si hubiese leído mis pensamientos y tratase de devolverme la confianza—. Muchos teníamos demasiadas facturas que pagar y muy poco dinero para hacerlo. ¿Puedo contarte una cosa?

Yo me encojo de hombros y sigo vigilando las ventanas oscuras que se elevan al otro lado del puente. Alicia continúa sin hablar, así que la miro y la animo con una sonrisa.

— Juan perdió su trabajo hará más de tres años. Toda la vida como albañil y de repente todo eso terminó. Se quedó en la calle, con cincuenta y cinco años a cuestas y sin saber hacer otra cosa que poner ladrillos— suspira y clava la mirada en la espalda de Juan, que camina tres metros por delante, tratando de parecer peligroso a pesar de que la gorra que le cubre la calva le queda demasiado pequeña y de que su escopeta de caza parece tener más años que él—. Intentó encontrar trabajo durante muchísimos meses, pero fue imposible. Al final, se convirtió en un fantasma. Se levantaba y se tiraba en el sofá durante todo el día, viendo cualquier cosa en la tele. Cuando yo me iba a la cama se quedaba allí, con la mirada pérdida. Y, cuando pensaba que yo me había quedado dormida, se ponía a llorar. Entonces llegó la carta en la que nos avisaban del desahucio. Tantos años trabajando para acabar en la calle… Durante muchos días pensé que se moriría de la pena o que cometería alguna locura. Me levantaba de la cama temiendo que lo encontraría muerto en el sofá. Pasaba las noches rezando para que sucediese algo, un milagro… Y entonces todo terminó— Alicia tomó aire antes de continuar—. Sé que todo esto es un infierno pero… de alguna manera… nos salvó.

Giro la cabeza hacia Alicia y descubro que ha bajado la mirada hacia el suelo y que ella también se ha sonrojado. Paso un brazo sobre sus hombros y la atraigo hacia mí.

— No pensarás que todo esto ha pasado por tus rezos, ¿verdad?— pregunto mientras la abrazo—. ¿No te sentirás culpable por ello?

Alicia levanta la vista de la carretera y vuelve a clavarla en Juan. Él parece sentirlo porque se gira hacia ella y sonríe. Las nubes grises se abren y los rayos de un pálido sol le iluminan. Durante unos segundos, parece mucho más joven, un hombre fuerte e ilusionado capaz de luchar contra cualquier cosa y, durante esos segundos, descubro lo que Alicia vio hace muchos años en él, lo que sigue manteniéndola enamorada.

—Por supuesto que no me siento culpable por lo que pasó— contesta al fin Alicia—. Pero hay ocasiones en las que me siento culpable por alegrarme de que pasara.


Continuamos avanzando, acompañados por el sonido de los vidrios rotos bajo nuestras botas y las miradas evaluadoras de nuestros invisibles vigilantes. Al llegar a la plaza descubrimos una pila de cadáveres. Alguien intentó sin éxito quemarlos y sus miembros ennegrecidos se elevan hacia el cielo gris en una muda plegaria. Los niños empiezan a llorar, así que nos apresuramos a dejar atrás el macabro monumento mientras tratamos de tranquilizarlos.

Al aproximarnos al Corte Inglés, Carlos vuelve a acercarse a nosotras. Los hombres frenan su paso, atentos a nuestra conversación.

—Siento tener que insistir— Carlos me sonríe a modo de disculpa—. Casi no tenemos nada de comida para esta noche. Se supone que mañana nos pasaremos todo el día en la A-8 y, sinceramente, no creo que vayamos a encontrar mucha comida ahí.

—Encontraremos alguna tienda más segura en la que entrar— alzo la voz para que todos puedan oírme—. No sabemos lo que podemos encontrar ahí. Podríamos morir todos.

—Laura, por favor— insiste él—. Esto era Bilbao. Aquí vivían decenas de miles de personas. ¿De verdad crees que vamos a encontrar tiendas repletas de comida esperándonos a nosotros? Nuestra única oportunidad es que no se hayan atrevido a subir todos esos pisos y que quede algo allí.

Me sigue pareciendo una temeridad, pero todos me miran impacientes. Sé que los hombres quieren intentarlo y que las mujeres no se resignarán a que sus hijos pasen hambre por mi decisión.

—Está bien. Si todos estáis de acuerdo, entraremos— voy recorriendo el grupo con la mirada—. Aunque creo que es una locura, os acompañaré. Hay más probabilidades de que quede algo de comida en los almacenes del supermercado y soy la única que sabe dónde están. Entraré con Carlos, Daniel y Alejandro.

Veo en los ojos que todos se sorprenden de mi decisión. Alejandro casi no sabe disparar y tiene tres hijos de los que cuidar, tres niños que se quedarían solos en el mundo si entrar ahí acaba siendo tan peligroso como les estoy diciendo. Alejandro ha adivinado perfectamente la razón de mi decisión: rencor, venganza por lo que sucedió en Basauri. No me siento orgullosa de lo que siento, pero, al mismo tiempo, se trata de una lección que debe aprender. La última vez que desobedeció mis órdenes, uno de nuestros compañeros murió. Si quiere rebelarse, prefiero que lo haga ahora y que él siga su camino y nosotros el nuestro, antes de que nos cueste la vida de alguien más. Sin embargo no dice nada, clava su mirada en mí, recoge la escopeta que le tiende Iker y avanza con nosotros.

Contemplo las puertas reventadas del centro comercial. Más allá de las primeras escaleras todo se pierde en la negrura. Mientras subimos despacio los escalones cubiertos de basura y papeles, encendemos nuestras linternas para barrer los pasillos que se abren hacia nosotros. Me paro en el último escalón, avisando a los demás con un gesto para que hagan lo mismo. Espero durante un par de minutos, intentando que mis ojos se acostumbren a la oscuridad. No queda nada del centro comercial ruidoso y siempre abarrotado, en el que se mezclaban cientos de voces con la música ambiente, donde se exponían brillantes y en perfecto orden todos los deseos de la sociedad capitalista. Ahora el lugar tiene la oscuridad, la amplitud y el silencio de una caverna. Los estantes están vacios. Una parte de la mercancía ha sido robada, pero la mayoría yace esparcida y pisoteada por el suelo. Hemos pasado a un mundo en el que no sirve de nada llevar un reloj de oro o un bolso de marca, en el que una lata de conservas se ha convertido en una mercancía de mayor valor.

Cuando consigo que mis ojos se acostumbren a la penumbra, indico a los demás que podemos seguir avanzando. Escoltados por los ojos muertos de los maniquís, caminamos esquivando sombreros, bolsos, carteras… El aroma de los cientos de frascos de perfume rotos inunda el ambiente. Su olor es tan fuerte que empalaga, me trae a la mente la imagen de ciénagas tropicales, de cementerios llenos de flores en descomposición.

Guio a los demás hacia las escaleras de emergencia que se encuentran al lado de los inutilizados ascensores. Carlos suelta una exclamación de asombro y salta la barra del estanco. Giro en todas direcciones, buscando la causa de su excitación, pero no encuentro nada. Él ha abierto su mochila y la está rellenando a toda prisa con cartones de tabaco. Se encoge de hombros ante mi gesto de enfado.

—Venga, Laura— me dice, riendo—. Sólo por esto ya ha merecido la pena entrar aquí.

Su sonrisa me recuerda a la de un niño abriendo los regalos la mañana de navidad, así que le dejo hacer. Después de todo, a mí también me gusta fumarme algún cigarrillo de vez en cuando. Puede que el mundo se haya acabado, pero cuesta trabajo perder las malas costumbres.

Cuando Carlos acaba de llenar su mochila, empezamos a subir las escaleras. Ya no entra nada de luz desde la calle y nuestras linternas apenas iluminan tres o cuatro escaleras por delante de nosotros. Todos avanzamos en silencio, tratando de no hacer ruido. Percibo sus respiraciones ansiosas y entrecortadas y escucho como se descuelgan las escopetas y quitan los seguros. Al llegar a la primera planta barremos la oscuridad con los cañones de nuestras linternas, iluminando las decenas de maniquís que parecen observarnos, preguntándonos si alguno de ellos empezara a moverse en cuanto le demos la espalda.

Continuamos subiendo. Sin darnos cuenta, hemos comenzado a avanzar más rápido. Empiezo a pensar que no habrá nadie, que todos los pisos estarán abandonados, pero, aún así, me muero de ganas de abandonar este silencio agobiante, este ambiente cargado. Ascendemos piso a piso, sintiendo en todo momento la opresión del edificio a nuestro alrededor, sumidos en el silencio de una gigantesca cripta. Empieza a darme igual si conseguimos comida o no. Sólo quiero acabar con esto y volver a estar a la luz del sol.

Entre el cuarto y el quinto piso me parece escuchar un susurro que proviene del final de las escaleras. Me giro hacia los demás y veo sus rostros en tensión. Ellos también lo han oído, no han sido imaginaciones mías. Apagamos las linternas y nos quedamos quietos. Permanezco en total silencio, intentando acallar el sonido de mi respiración y el alocado galopar del corazón en mi pecho. Vuelvo a escuchar algo: unos susurros acallados y otro sonido sinuoso que tardo unos segundos en ubicar. Es el roce de pies descalzos sobre una moqueta.

No sé qué decisión tomar y no puedo consultárselo a los demás sin que nos escuchen. Ni siquiera puedo ver su expresión en la más completa oscuridad. Me siento tan asustada que tengo ganas de alargar la mano y rozar a quien sea que esté a mi lado para no encontrarme tan sola, pero permanezco quieta para no asustarles y hacer que nos descubran. Además, nunca me ha parecido buena idea alargar la mano en la oscuridad sin saber que puedes encontrar al otro lado.

Parece que los misteriosos habitantes que nos esperan al final de la escalera se encuentran tan confusos como nosotros. Se escuchan cada vez más susurros nerviosos y más pasos apagados. Deben ser muchos, lo mejor sería dar la vuelta y abandonar.

La luz de un potente foco se enciende en lo alto de la escalera, cegándonos como a topos. Me cubro los ojos con la mano e intento descubrir a qué nos enfrentamos, pero la luz es tan potente que sólo distingo fantasmas oscuros. Escucho el sonido de una pistola a la que le quitan el seguro.

— Marchaos, no queremos problemas— nos grita una potente voz masculina—. Si os dais la vuelta ahora, no os haremos ningún daño.

La voz me resulta familiar. Intento forzar aún más la vista, protegiendo aún mis ojos de la luz. Distingo a un hombre vestido con un uniforme gris de vigilante. Subo un par de escalones más, despacio y con las manos en alto, rezando para que no me dispare. Levanto la cabeza y consigo al fin distinguir sus facciones:

—¿Luis? ¿Eres tú?— le digo con voz suave, intentando tranquilizarle—. ¿No me recuerdas? Soy Laura, trabajaba de cajera en el supermercado.

Él permanece en silencio unos segundos, examinando mi cara a la luz de la linterna. Cuando me reconoce, indico al resto de mi grupo que baje las armas.

—Laura, me alegro de verte— sus palabras tardan en salir y no suenan muy sinceras. Da la impresión de que ha estado rebuscando lo que debería decir en una situación así en un rincón de su memoria que no utiliza hace mucho tiempo.

—No sabíamos que vivía gente aquí— le digo disculpándome—. Sólo queremos encontrar algo de comida. No pretendemos hacer ningún daño.

—No tenemos comida aquí— responde con voz seca.

A su espalda el resto de figuras que le acompañan parecen discutir en susurros. La luz de la linterna que aún me apunta a los ojos me impide distinguirlos con claridad, pero parecen enfadados y no han bajado sus armas. No puedo explicar por qué, pero siento que estamos en peligro, que esas personas quieren hacernos daño. Tengo muchísimas ganas de darme la vuelta y salir corriendo, pero no puedo arriesgarme a que me disparen por la espalda. Luis parece ser su líder. Si pudiese ganármelo…

—No puedo creerme que te haya encontrado aquí— continuó

hablando intentando que mi voz suene tranquila y desenfadada—. Con la de cafés que hemos compartido juntos... ¿Te acuerdas de la vez que la encargada nos pillo echando un pitillo en el almacén? Vaya bronca nos echo a los dos...

—Sí, me acuerdo— Luis sonríe, aunque su mirada continúa perdida—. Se llamaba Marilo, la muy bruja.

—Sí, eso es— suelto una risa, pero me suena forzada y asustada—. Creo que estuvo gritándonos más de una hora mientras nosotros mirábamos al suelo con cara de niños buenos.

Las voces a su espalda suben de tono, aunque continúo sin entender lo que dicen. Luis se gira hacia ellos, se separan unos pasos y discuten. Me planteo que quizá sería un buen momento para huir, pero hay posibilidades de que Luis esté intentando convencerles de que nos den algo de comer, así que controlo mis nervios y les hago un gesto a mis compañeros para que esperen. Ellos también parecen asustados y a punto de echar a correr.

Tras un par de minutos, Luis se separa de su grupo y empieza a bajar los escalones. Algunas personas intentan acompañarle, pero él se gira y abre los brazos en cruz para detenerles.

—No, era mi amiga— les grita—. Yo me encargo.

A pesar de que la frase "era mi amiga" no me resulta nada tranquilizadora, continúo esperando. Por el rabillo del ojo observo que Carlos sube con disimulo su escopeta y coloca el dedo en el gatillo. Luis se coloca frente a mí, un par de escalones más arriba. Todo su cuerpo está temblando. Cuando clava su mirada en mis ojos, me doy cuenta de que está muy asustado.

— No hay comida aquí— me susurra para que sus compañeros no le oigan—. Nos comemos a los muertos, nos comemos los unos a los otros…

Me quedo paralizada por el terror. No puedo comprender lo que me está diciendo, me parece tan horrible que mi mente no consigue procesarlo. Las sombras oscuras del final de la escalera empiezan a bajar los escalones, muy despacio. Luis escucha sus pasos y me empuja para que reaccione:

— ¡Marchaos!— me grita—. ¡Tenéis que escapar de aquí!

Carlos dispara un par de tiros a lo alto de la escalera, me agarra del brazo y tira de mí. En cuanto me mueve, la parálisis desaparece y me lanzo escaleras abajo con el resto de mis compañeros. Escucho gritos y ruido de pelea más arriba, pero no me giro para observar. Ni siquiera me fijo en los escalones o en si hay alguien en los pisos que atravesamos que pueda intentar detenernos. Sólo puedo pensar en salir, en escapar…

Los ruidos de pelea se han detenido. No puedo dejar de pensar que Luis pueda haber muerto por salvarnos, que tendría que haber huido con nosotros. Pero todo ha sucedido tan rápido…

Escuchamos muchos pasos a la carrera que nos siguen por las escaleras oscuras, ruidos de caídas, gritos de rabia… Ni siquiera sé cuántos pisos hemos conseguido bajar ya. Los pasos se escuchan cada vez más cerca. Aprieto con fuerza mi escopeta aunque sé que no tendremos disparos suficientes para detenerlos a todos.

Cuando estamos a punto de empezar otro tramo de escaleras, Alejandro se para y me agarra la mano para detenerme. Me vuelvo hacia él sin comprender qué hace.

— Ya estamos en la planta baja— nos grita—. Esas escaleras conducen a los garajes.

— ¿Estás seguro?— le preguntó.

Él asiente y sale corriendo pasillo adelante, mientras todos le seguimos. Los pasos a nuestra espalda se escuchan muy cerca ahora. Si Alejandro se ha confundido, estaremos perdidos, atrapados. Pero al cruzar una puerta distingo a lo lejos la claridad del día. Corro lo más deprisa que me permiten mis piernas. La luz va cobrando fuerza, haciendo que me lloren los ojos.

A mi espalda escucho gritos y los pasos se detienen. Parece que la luz les hace daño, deben llevar semanas encerrados en la oscuridad total. Les imagino como a gigantescas ratas mutantes, atrapadas en la más profunda de las alcantarillas.

Salimos a la calle, donde el resto de nuestro grupo nos espera. Les gritamos que corran, no podemos arriesgarnos a que puedan salir. Los que estamos armados nos quedamos atrás, girando cada pocos segundos para vigilar la entrada, pero no aparece nadie. Cuando llegamos a la plaza Moyua nos detenemos unos minutos para recoger agua en la fuente. Carlos se sienta a mi lado, abre su mochila y saca un paquete de tabaco. Me ofrece un cigarrillo, que acepto con una sonrisa.

— Bueno, al menos ha servido para algo— me dice mientras me tiende un mechero.

— No sé yo si el susto nos ha salido muy rentable— bromeo tras dar un par de caladas con la vista clavada en el cielo, agradeciendo a la pálida luz del sol que nos haya salvado.

— ¿Crees que decía la verdad?— me pregunta Carlos, con voz asustada. Las manos le tiemblan tanto que le cuesta encender su cigarrillo.

—No, no lo creo. Seguramente intentaban proteger sus provisiones. Será un cuento para asustar a las visitas inoportunas.

Carlos se encoge de hombros y continúa fumando, con la mirada perdida. Sé que no cree lo que le he dicho. Yo tampoco lo hago, a pesar de que a la luz del día parece imposible pensar que algo así pueda ser cierto. Espero poder convencerme, poder olvidarlo, eliminar el escalofrío de terror que recorre mi espalda cada vez que pienso en ello. Es imposible, la humanidad no puede haber llegado a esto en tan poco tiempo.

**III**

Tras un par de días por la A-8, llegamos a la entrada de Portugalete. El grupo se detiene, hay un par de personas a unos doscientos metros. Ellos también se han detenido y nos observan. Ordeno a los demás que me cubran, me cuelgo la escopeta a la espalda y avanzo lentamente hacia ellos con las manos levantadas.

Cuando me voy acercando descubro que son una pareja joven. Ella luce una barriga enorme, debe estar al menos de siete meses. Les sonrió, intentando tranquilizarles, mientras cubro los últimos pasos hasta ellos.

— Hola, soy Laura— les digo, tendiéndoles la mano—. Mi grupo y yo nos dirigimos a Santurce.

— Yo soy Mikel y ella es mi mujer, Amaia— él me estrecha la mano como si estuviéramos en una reunión social, aunque no aparta los ojos de las oscuras bocas de las armas de mis compañeros—. Santurce no es un buen destino. Nosotros acabamos de huir de allí.

— El pueblo está dividido en dos grupos— interviene la mujer con voz temblorosa—. La gente se mata a tiros por las calles, las aceras

117

están cubiertas de sangre y de cadáveres. Es un infierno…

— Habíamos pensado seguir el bidegorri y llegar hasta Muskiz para pasar a Cantabria— explica Mikel.

— Suena bien. Si queréis indicarnos el camino, quizá podríamos ir juntos un rato.

Me giro y hago un gesto a los demás para que bajen las armas. Amaia se acerca a mí, me coge la mano y la agarra con fuerza.

— ¿Podríamos unirnos a vuestro grupo?— me pregunta con ojos suplicantes.

Lo pienso durante un par de segundos. Más bocas que alimentar, más gente que proteger… Sin olvidar que el avanzado embarazo de Amaia será una nueva fuente de retrasos y problemas. Pero no puedo dejarles ahí. Asiento con una sonrisa, mientras la conduzco hacia el grupo sin soltar su mano. Las mujeres se adelantan y le dan la bienvenida. Las oigo comentarle que no tiene nada de lo que preocuparse, que yo soy médico. Amaia se gira hacia mí y me mira como si estuviese frente a una aparición mariana. Espero que siga sintiéndose igual de feliz cuando le comente que no he asistido un parto en toda mi vida.

Veinte minutos después entramos en el bidegorri. Las nubes están empezando a dispersarse y el sol brilla con fuerza en un cielo azul brillante, trayéndonos el anuncio de la cercana primavera. Los niños corren tranquilos, recogiendo las primeras margaritas y dientes de león. La gente se ha dividido en grupos de dos o tres personas, que charlan animadamente con las escopetas colgadas a la espalda.

Me quedo parada en medio del camino, contemplándoles. Ya no parecemos zombis sin rumbo, casi da la impresión de que somos un grupo de gente normal que ha salido una mañana de domingo a dar un paseo con sus hijos. Durante un momento siento que todo va a salir bien, que lo conseguiremos, que esa carretera de asfalto rojo es nuestra versión del camino de baldosas amarillas.

Caminamos todo el día y llegamos a Muskiz al anochecer. El cielo continúa tan claro que decidimos acampar en la playa. Iker se acerca a mí para comentarme que es el cumpleaños de Lucía, su mujer, y que le gustaría prepararle algo especial. Aunque me sorprende que alguien siga llevando la cuenta del día en que estamos, le digo que le ayudaré. Envío a Lucia con el grupo que va a buscar agua mientras preparamos la cena. Cocinamos unas latas de albóndigas que encontramos en una pequeña tienda antes de salir de Bilbao e Iker saca de su mochila un bizcocho industrial que cogió en un supermercado hará más de una semana.

Cuando Lucía vuelve, la felicitamos y nos sentamos a cenar. La comida me parece buenísima, quizá lo mejor que he comido en mi vida. Y tras la cena, Iker aparece con el pastel, adornado con una solitaria vela. Todos cantamos cumpleaños feliz, sentados alrededor de la hoguera. Cuando terminamos de cantar, descubro a mucha gente intentando secarse las lágrimas disimuladamente. Iker le regala un anillo de madera que ha ido tallando él mismo, a escondidas en sus ratos libres.

—Sabes que últimamente estaba metiendo muchas horas extras en la empresa. La explicación es que quería llevarte a Paris por tu cumpleaños— le dice disculpándose—. Al final no ha servido de nada. Lo siento, tendrás que conformarte con esto.

—Esto es mejor— le dice ella, abrazándole—. Estamos vivos

y estás conmigo. No deberíamos pedir nada más.

Un rato después, la gente empieza a acostarse. Los niños protestan porque quieren seguir corriendo por la playa y jugando con la arena, pero acaban obedeciendo y en unos minutos están dormidos. La tranquilidad se extiende por el campamento.

Algunos seguimos sentados alrededor de la hoguera. Ha sido un día bonito y nos resistimos a dejarlo terminar. Iker y Lucía están sentados juntos. Ella apoya la espalda en su pecho mientras él le rodea la cintura con los brazos. Lucía tiene la mano extendida y contempla el anillo de madera a la luz de las llamas, como si fuese lo más bonito que hubiese visto nunca. Alicia y Juan están sentados juntos y contemplan en silencio el cielo estrellado.

Oigo unos pasos y giró la cabeza. Carlos vuelve de su ronda tras comprobar que todos los vigilantes están en sus puestos. Se sienta a mi lado, tan cerca que me hace sentir agradablemente incómoda. Sé que no es momento para tonterías, pero creo que le gusto y eso enciende una pequeña llamita en mi interior.

—Ha sido un buen día, ojalá todos fueran así— comenta Carlos y los demás asienten a sus palabras—. ¿A dónde vamos a ir ahora?

—Creo que la idea de Mikel y Amaia es buena— contesto, mientras remuevo la hoguera con un palito—. Deberíamos seguir la costa de Cantabria buscando algún lugar en el que quedarnos.

—¿Tú crees que encontraremos algo?— me pregunta Alicia.

Aparto la mirada de las llamas y les contemplo. No sé por qué hoy me siento tan optimista, pero me parece que al fin estamos en el buen camino.

—Sí, es muy posible que en Cantabria encontremos algún pequeño pueblo abandonado o alguno con pocos habitantes en el que podamos quedarnos— les digo, sonriendo esperanzada—. Tampoco pedimos tanto. Un lugar con agua limpia para beber y regar los cultivos, el mar o un río en el que pescar, campos que cuidar, algunos animales...

—Va a ser muy divertido ver a un grupo de urbanitas intentando ordeñar una vaca o arar un campo— bromea Iker.

—Bueno, lo que no consiga uno, lo conseguirá otro. Es lo bueno de ser un grupo— me dejo caer hacia atrás, contemplando un cielo con una cantidad imposible de estrellas, imaginando ese lugar soñado.

—Es curioso— comenta Carlos con la mirada pérdida en el mar oscuro—. La humanidad se ha ido al garete, no tenemos nada y, sin embargo, me siento como si todo fuese correcto, como si las piezas por fin encajasen. ¿Crees que lo conseguiremos, que esta vez lo haremos bien?

Me incorporo de nuevo y miro alrededor antes de contestar. El cielo limpio, el mar en calma, los bultos de la gente dormida a unos metros... Sonrío de nuevo y estrecho la mano de Carlos.

—No sé si lo conseguiremos, pero al menos ahora tenemos la posibilidad de intentarlo.

# 10. El último paseo

El espejo no le devolvía su propia imagen. Era su pelo, sus ojos, sus rasgos, pero no acababa de reconocerse. Aquella expresión de derrota, esas lágrimas… Era la cara de alguien condenado a muerte y que espera con anhelo su ejecución.

Cristina se aparto de aquel reflejo y volvió a pasear intranquila por el salón. ¿Cómo podría remediar aquel error? Si pudiese echar atrás el tiempo y cambiar lo que había sucedido aquella noche… Si pudiese cambiar el último año…

Se sentó en el sofá, encendió otro cigarrillo y volvió a mirar su reloj. Quedaba menos de un cuarto de hora para que volviese Javier y aun no sabía qué iba a decirle, cómo iba a excusarse, ni si merecía la pena. Quizá no tuviese que decirle nada. Él lo sabría en cuanto la mirase a los ojos, todos sus temores quedarían confirmados.

Siguió con la mirada las espirales de humo del cigarrillo, dejando que su mente volviese a los acontecimientos de la pasada noche, intentando organizar sus pensamientos, encontrar un porqué.

Recordaba la entrada a la fiesta del brazo de Javier y su deseo de pasarlo bien entre la gente, de sentirse viva de nuevo. Pero, al cabo de unos minutos, se dio cuenta de que todo era como siempre, dejada de lado y abandonada mientras Javier se enfrascaba en alguna conversación de negocios con sus socios. Ella allí no era nadie aparte de "la mujer de" y le parecía que los demás se lo hacían saber con sus vacías frases de cortesía y sus sonrisas huecas. Volvió a sentirse sola entre la multitud, olvidada en un rincón, rodeada por un ambiente de música y risas al que le estaba prohibido incorporarse. El alcohol iba nublando sus recuerdos a partir de ese momento, diluyendo el dolor.

Y entonces había aparecido él. Ni siquiera lo recordaba con claridad. Sólo unos ojos de un verde imposible enmarcados por unas pestañas oscuras y una voz lenta y grave. Se sintió a gusto con él, quizá porque su voz había sido una tabla de salvación en aquel océano de voces.

Habían seguido hablando, puede que durante horas. En algún momento de la noche, Javier se había acercado a decirle que se iban a casa, que tenía que madrugar mucho al día siguiente para coger un puente aéreo a Madrid. El recuerdo era muy borroso, casi como si no le hubiese sucedido a ella. Le había dicho que se quedaba, que volvería después en un taxi. Javier había insistido en que le acompañase, le había agarrado del brazo dispuesto a llevársela. A Cristina le había parecido ver una chispa de emoción en sus ojos negros, pero no había sabido interpretarla. ¿Celos? ¿Miedo? ¿Odio? Sin importarle, se había soltado de su brazo y girado de nuevo hacia la barra, para contemplar con interés el fondo de su vaso. Él no había dicho nada más y se había marchado. Claro, Javier no iba a montar una escena delante de sus socios. Él no podía hacer eso, tan serio, tan frío, tan profesional… Pero al menos, después de muchos meses había vuelto a demostrar un rastro de emoción, se había dado cuenta de que ella existía.

Había seguido hundiéndose en la inconsciencia del alcohol. En su mente aparecían imágenes de diferentes bares, siempre acompañada del desconocido de ojos verdes que le susurraba cumplidos con voz suave. Se había dejado llevar por aquellas dulces mentiras, por sentirse bonita, admirada, deseada por alguien... Sabía que Javier estaría preocupado, o enfadado, pero de alguna extraña y retorcida manera, eso también le había hecho sentirse bien, poderosa...

Y después la habitación de un hotel, besos y caricias anónimas, una pasión a la que sólo le importaba el momento presente. Cuando despertó a la mañana siguiente, sola en una habitación desconocida, se sintió aun más vacía.

Para cuando llego a casa, Javier se había marchado hacía horas. Le esperó sintiéndose asustada, triste, culpable...

Oyó el ruido de la llave en la cerradura y sus pasos por el pasillo. Su estómago se contrajo, como si una mano lo apretase con fuerza desde dentro. Javier entró en el salón, serio, silencioso, y fijó su mirada en la mesa, en el cenicero repleto de colillas, en los kleenex llenos de lágrimas y, por fin, en sus ojos rojos. Cristina abrió la boca, intentando explicarse, pero no consiguió emitir ningún sonido. Sólo las lágrimas volvieron a brotar, imparables, expresándole su culpa y su dolor. Él puso su dedo índice en los labios de ella, pidiéndole que no hablase. Después le cogió la mano y la ayudó a levantarse, dirigiéndose de nuevo al pasillo.

— ¿A dónde vamos?— consiguió preguntar por fin Cristina.

— A dar un paseo. Me ahogo aquí dentro— respondió él.

Salieron de la casa y entraron en el coche. Permanecieron en silencio todo el viaje, como si ambos supieran que lo que tenían que decirse necesitaba un escenario especial, un ritual. Él permanecía atento a la carretera, conduciendo despacio, como si realmente estuviera paseando sin importar el destino.

Cristina lo contemplaba, iluminado de vez en cuando por las luces de los otros coches, que arrancaban reflejos de sus ojos negros. Se detuvo en observar cada uno de sus rasgos, su pelo ondulado, la curva de su mandíbula, sus labios gruesos, sus largas manos aferradas al volante en las que el anillo de boda parecía brillar con tanta fuerza que arrancaba calladas lágrimas a sus ojos. Se esforzó en memorizar todos esos rasgos, todos sus movimientos, su aroma…

Por fin paró y se bajó del coche, sin decir nada. Cristina observó el lugar a través de las lágrimas. Su acantilado, con el mismo mar de siempre, enfrascado en su eterna lucha por destrozar las rocas. Hacía siglos que no venían juntos a ese lugar. Habían sido felices allí, miles de besos y promesas acompañados por la música del océano.

Miró de nuevo a Javier, que se había adelantado y contemplaba el mar en silencio, de espaldas a ella, desde el borde del precipicio. El viento desordenaba su pelo e hinchaba su camisa blanca, que parecía brillar en la oscuridad como un faro que indicase la salvación y la tranquilidad en medio de la tormenta de sus pensamientos. Le pareció hermoso. Supo que esa imagen la acompañaría durante muchas noches, cada vez que cerrase los ojos y que le haría llorar, pero aun así permaneció quieta, sin querer molestarlo, deseando que ese instante fuese eterno, que se grabase a fuego en su memoria.

Por fin él se giró, rompiendo el hechizo, y le tendió la mano para que se acercase. Ella empezó a andar, con la cabeza baja, hasta situarse a su lado, con las olas rompiendo varios metros más abajo. Si tuviese valor para acabar con todo… Parecía tan fácil…

—No eres feliz conmigo, ¿verdad?— la voz de Javier era tranquila, carente de reproches.

—No, hace mucho que no lo soy— contestó Cristina—. Me gustaría poder decirte otra cosa, pero supongo que no es momento de mentiras.

—No, no lo es. Por eso te he traído aquí, a nuestro lugar— Javier hablaba mirando al horizonte, como si estuviera en un sueño—. Aquí siempre nos dijimos la verdad.

—Sí, como que nos querríamos eternamente— dijo ella con amargura.

—Al menos por mi parte sigue siendo verdad— contestó él, girándose para mirarla—. Aunque tampoco soy feliz contigo.

Cristina bajó los ojos, contemplando de nuevo las olas. ¿Qué pretendía él con todo esto? ¿Por qué la había traído aquí? ¿No se daba cuenta de lo que significaba este sitio para ella, del daño que le estaba haciendo?

—Sé que todo ha ido mal entre nosotros este último año— siguió diciendo él—. Yo no he tenido mucho tiempo para ti y tú no has sabido decirme qué necesitabas. Ya da igual, no es cuestión de buscar culpables.

—Quizá ya no seamos los mismos, puede ser que hayamos cambiado y ya no seamos capaces de sentir nada— intervino ella.

—Puede ser. ¿Sabes una cosa?— ella lo miró a los ojos. La indiferencia de los últimos meses parecía haber desparecido. El recuerdo hacía que su mirada tuviese el brillo de ilusión que la había enamorado—. Muchas veces, durante estos meses, venia aquí y me sentaba a mirar el mar y a recordar aquellos días en los que tenía a mi niña en los brazos y el mundo parecía fácil.

Cristina sintió que las lágrimas volvían a inundarla. Ella también había venido cuando se sentía desesperada y sola a contemplar el inmenso y eterno mar que parecía decirle que sus problemas eran muy pequeños, que su pena no duraría para siempre. Si sólo una vez se hubiesen encontrado, si hubiesen ido juntos para tratar de descubrir si todavía podían salvarse. Pero se sentía tan culpable, tenía tan pocas fuerzas para volver a intentarlo, que sólo dijo:

—No podemos seguir viviendo de recuerdos.

Él le lanzó una mirada cargada de dolor y volvió a contemplar el mar durante unos segundos.

—Bueno, entonces supongo que esto es un adiós. Vamos a casa.

Cristina negó con la cabeza, no podía irse con él. ¿A casa? Ya no había una casa a la que volver juntos, ya nuca mas habría un "nosotros".

—No, ve tú. Prefiero quedarme aquí un rato más. Luego llamaré a un taxi.

Javier la miró, con una tristeza infinita. Parecía como si no quisiera dar ese último paso, como si se resistiese a cerrar la puerta a la esperanza. Ella debía ser fuerte, no podían continuar haciéndose daño. Aquello debía acabar ahí. Se sentía como un agujero negro que devoraría todos los intentos de acercarse que él pudiera realizar y todo porque estaba tan frustrada y tan sola que no podía ver más allá de su dolor. Y sentía que merecía ese dolor, que no podría volver a mirarle a los ojos hasta que hubiese pagado.

Él se inclinó hacia ella, para darle un último beso de despedida pero Cristina torció la cabeza.

— Será mejor que no— le dijo, llorando de nuevo.

Javier sonrió tristemente y se dirigió por fin al coche. Cuando el sonido del motor desapareció tras la curva se sentó en el suelo llorando, mientras el ruido del mar ahogaba el sonido de sus sollozos.

Cuando llegó a casa, las cosas de Javier habían desaparecido. No volvió a verlo. Él pidió su traslado al extranjero y de vez en cuando le llegaban postales de lugares lejanos. Nunca supo donde podría haberle contestado, pero seguían llegando, como si él no quisiera saber si ella quería recibirlas o no, como si sólo necesitase estar en contacto con ella, decirle en unas pocas líneas que seguía recordándola.

La culpa y el dolor fueron desapareciendo. Aprendió a vivir con su soledad y a sonreír cuando le asaltaba su recuerdo. Volvió muchas veces al acantilado, para revivir su figura, su mirada, su voz…

Aún sigue pensando que debería haberle dado un último beso. Pero ya no llora. Es posible que vuelva a encontrarle.

# 11. Cordón de plata

El sonido de unos pasos acercándose por el corredor le hizo levantar la mirada de la carta y frotarse los ojos para eliminar las lágrimas que le escocían en los ojos.

Mikel respiró un par de veces y se acercó a la puerta de la celda para dar la bienvenida a Bernardo. No necesitaba verlo para saber que era él. El chirrido de su carrito de libros, semejante a los gritos de un perro atropellado, era inconfundible. El viejo se acercaba cojeando directamente hacia su celda. La lectura no tenía demasiados aficionados en el resto del corredor.

Bernardo se acercó sonriendo, echó un vistazo a la carta que Mikel conservaba entre las manos y a su semblante serio y decidió no hacer preguntas. Rebuscó en su carrito y sacó un libro que le tendió.

— ¿Proyección astral y viajes fuera del cuerpo?— Mikel torció el gesto tras contemplar el título del libro— ¿No tienes nada mejor?

— No tengo nada más. Es el único libro que queda en la biblioteca que aún no te has leído. Nunca pensé que nadie pudiese leer tanto en sólo 3 años.

— Tengo mucho tiempo libre aquí dentro— respondió Mikel, sonriendo.

—Lo sé, pero aún te queda por pasar mucho tiempo más— le dijo Bernardo—. Quizá deberías decirle a alguien de fuera que te traiga algunos libros nuevos.

Mikel observó la carta que aún mantenía en la mano, la arrugó un poco más y negó con la cabeza.

—Ya no me queda nadie fuera— dijo con tono amargo—. Déjame el libro ese. Lo leeré de todas formas.

La noche, su gran enemiga, había vuelto a adueñarse de la prisión. El silencio sólo se quebraba por el eco de los pasos de los vigilantes, los ronquidos de algún preso y los lloros y murmullos de Elías, el ocupante de la 213, que estaba totalmente loco y se pasaba las noches hablando con su madre muerta. Los primeros días ese soniquete continuo le había puesto los pelos de punta, pero ahora le tranquilizaba saber que no era el único que pasaba las noches en blanco.

Desde la adolescencia había tenido problemas para dormir, pero, desde que ingresó en prisión, el insomnio se había convertido en una tortura. Las mejores noches conseguía dormir dos o tres horas, pero, la mayoría de las veces, tenía que conformarse con media hora, un cuarto de hora o incluso con una noche entera sin pegar ojo. Siempre estaba cansado, dolorido y de mal humor, pero lo peor eran los cálculos que su cabeza se empeñaba en hacer. Le quedaban doce años en aquel lugar. Teniendo en cuenta que casi no dormía, la condena se alargaba casi hasta dieciséis.

Aquella noche hacía mucho calor. Las sábanas se le pegaban al cuerpo y tenía la piel empapada y pegajosa. Se sentó en la cama, resignado.

Ese tipo de noches era imposible dormir y lo sabía. No serviría de nada quedarse en la cama fingiendo que estaba a gusto y que al final dormiría. Se levantó y se acercó a la ventana, buscando sin éxito un poco de brisa. Por encima del muro de la prisión se acercaba con andares dignos el fiel compañero de sus noches de vigilia: un gato enorme gris atigrado que se paraba frente a su ventana. Mikel pulsó el botón de la luz de su reloj: la una de la mañana, puntual como siempre.

Fijó su mirada en los ojos del gato, que brillaban como focos por el reflejo de la luz de las farolas. El gato le devolvió la mirada, aceptando el desafío. Permanecieron así varios minutos, como hacían todas las noches, hasta que el gato se dio por vencido y siguió su camino. Mikel no se alegró de haber vencido la partida de nuevo. Era lo normal. El gato tenía lugares que visitar, comida que cazar, gatas que cortejar… Él no tenía nada más interesante que hacer en toda la noche que retar a un gato a un duelo de miradas.

Se apartó de la ventana, volvió a sentarse en su cama y encendió un par de velas. Sacó de debajo del colchón el libro que le había dejado Bernardo. Nunca le habían atraído las paparruchas paranormales, pero al menos le entretendría hasta el amanecer. Se tumbó boca abajo en la cama y comenzó a leer.


Aquel día, por primera vez desde que ingresó en prisión, el día se le hizo largo esperando a que llegase la noche. El libro, que había estado devorando hasta que amaneció, estaba lleno de términos sin sentido: desdoblamiento, proyección fuera del cuerpo, cordones de plata que unían el ente astral con el cuerpo físico… Nada de aquello tenía fundamento para él, pero había descubierto algo que quizá podría servirle. Para poder llegar a ese supuesto estado de desdoblamiento, había que conseguir una relajación muy profunda, una especie de autohipnosis. El libro explicaba perfectamente cómo hacerlo y comentaba que, con tan sólo quince minutos de mantenerse en ese estado, el cerebro descansaba como si hubieses dormido ocho horas. Aquello sí que merecía la pena probarlo y ardía en deseos de que se apagasen las luces del corredor para ponerse a ello.

Cuando la megafonía anunció que los presos podían volver a sus celdas, fue el primero en hacerlo. Repasó con cuidado todas las instrucciones para asegurarse de hacerlo bien. En cuanto las luces se apagaron, se tumbó en su cama y empezó a respirar de forma lenta y profunda y a imaginar que una luz cálida iba recorriendo sus miembros, haciendo que se sintiesen pesados y relajados.

No fue tan fácil como había imaginado. La sábana le daba calor y su simple roce en los dedos gordos de los pies hacía que no pudiese concentrarse, así que tuvo que retirarla. Cada vez que le parecía que comenzaba a relajarse, empezaba a picarle algo. Incluso los pasos de los vigilantes y la cantinela de Elías le desconcentraban.

Pero poco a poco fue capaz de ir aislándose del mundo exterior. Empezó a visualizar realmente aquella luz brillante y cálida y a sentir como el sopor se adueñaba de su cuerpo. En aquel momento, realizó la última instrucción del libro: con los párpados cerrados, intentó girar los ojos hacia atrás, como si pretendiese echar un vistazo a su propio cerebro.

Y, de repente, sin saber cómo, estaba fuera. Sintió un dolor agudo que habría calificado como un pinchazo en el estómago, si no fuese porque su estómago estaba un metro más abajo, junto con el resto de su cuerpo. Se contempló durante unos segundos, muerto de miedo.

Descansaba en la cama, con una expresión de paz y felicidad que no habría imaginado nunca en su rostro y, al mismo tiempo, una copia translúcida de sí mismo flotaba cerca del techo de la celda. Ambas imágenes de sí mismo estaban unidas por un cordón plateado, que salía de sus respectivos ombligos. Aquello era ridículo, no podía estar sucediendo.

Pensó en volver inmediatamente al interior de su cuerpo y no volver a jugar jamás con aquellas cosas, pero se le veía tan a gusto que pensó que no le vendría nada mal dejarse dormir un rato más. Miró hacia la ventana de la celda. El libro decía que, mientras el cordón de plata no se rompiese, podría volver a su cuerpo, así que, ¿por qué no aprovechar para dar una vuelta? Una oportunidad como aquella no se le presentaba todos los días.

Simplemente con pensarlo su cuerpo astral se aproximó a la ventana y la atravesó. Tumbado sobre la verja, como todas las noches, pudo ver al enorme gato gris. Pensó en acercarse a él, simplemente por la curiosidad de saber si el animal podía percibirlo, pero algo debió fallar.

De repente el mundo se iluminó, como si fuese de día, y todo se tiñó de tonos azules y verdes. Se quedó paralizado, preguntándose qué habría pasado, si le habrían descubierto y estaban iluminándole de pleno con uno de los focos de las torres de vigilancia. Pero la alarma no sonó y la prisión continuó silenciosa y adormecida. Miró a su alrededor y se dio cuenta de que todas las farolas irradiaban una luz enorme, como si hubiesen aumentado veinte veces su potencia.

Aquello debía tener algo que ver con su viaje astral, aunque no recordaba haber leído nada al respecto en el libro. Se miró las manos, para ver si algo en él había cambiado, y estuvo a punto de caer de lo alto de la verja. Sus manos eran pequeñas, estaban cubiertas de pelo gris y terminaban en unas uñas largas y afiladas. Tardó unos segundos en darse cuenta de lo que había sucedido. Al pensar en acercarse al gato, se había metido dentro.

Todo aquello era muy extraño, pero, sin saber por qué, decidió probar qué se sentía. Después de todo, conocía a aquel gato desde hacía tres años, no era como invadir el cuerpo de un desconocido. Apoyándose en un canalón, descendió la verja en un par de segundos, sorprendiéndose de la agilidad con la que lo había conseguido. Por primera vez en años se encontró fuera de la prisión, con todo el mundo a sus pies.

Y lo aprovechó, vaya que sí lo aprovechó. Trepó a los tejados a contemplar la luna, corrió con todas sus fuerzas por las carreteras desiertas, se coló en un cementerio a cantar con otros gatos, se peleó con un par de ellos y consiguió ganarles, subió a los árboles, derribó cubos de basura… Cuando el horizonte empezó a mostrar los primeros tonos del amanecer, corrió de vuelta a la prisión, escaló la verja y se colocó frente a la ventana. En aquel momento recordó el cordón de plata. No había pensado en él en toda la noche y, seguramente, habría podido romperse con todas aquellas locuras. Pero no, allí seguía, uniéndole con su cuerpo que continuaba profundamente dormido en la cama. Imaginó que volvía y, en un segundo, abrió los ojos y contempló el techo de su celda. Se levantó de un salto y corrió hacia la ventana, temiendo que todo aquello sólo hubiese sido un sueño. El gato gris estaba allí, mirándole con una expresión que parecía de desconcierto. Mikel soltó una carcajada y le guiñó un ojo:

—Muchas gracias por el paseo, compañero— se despidió mientras el gato desaparecía tras la verja—. Tendremos que repetirlo.


Lo repitieron varias noches, pero pronto Mikel empezó a cansarse de aquellos paseos sin sentido. Sabía que había un lugar al que debía ir y que no podía seguir retrasándolo más tiempo. Así que aquella noche, en cuanto entró en el cuerpo del gato, se dirigió hacia la carretera general, rumbo a su casa.

Tras correr durante algunos kilómetros, empezó a reconocer los edificios de su barrio. La panadería, el estanco, el bar de Manolo… Ya casi estaba llegando, pero, cuanto más cerca estaba, más ganas tenía de dar la vuelta, volver a la prisión y dejar las cosas como estaban. ¿De qué le iba a servir saber? Seguramente lo que descubriese sólo le haría más daño.

De repente, se encontró frente al pequeño jardín de su casa. Todas las luces estaban apagadas y no percibió ningún sonido o movimiento. Corrió por el césped y trepó hasta el segundo piso por el fresno que crecía pegado a la fachada. Las ventanas estaban abiertas. Se quedó sentado en una rama, frente a la ventana de Lucía, escuchando con atención. Sus nuevos sentidos felinos le confirmaron lo que ya sospechaba: escuchaba claramente el sonido de dos respiraciones y bajo las sabanas se distinguían los bultos de dos cuerpos. Aquella era la verdadera razón de que le hubiese dicho en su última carta que no iba a visitarle más, que no podía seguir esperándole, que era mejor para la niña que se olvidasen de él y ambas empezasen una nueva vida.

En aquel momento surgieron unos gritos agudos de la habitación de al lado. Alba, su pequeña, gritaba asustada pidiendo ayuda. Tuvo que recordarse a sí mismo que tenía aspecto de gato para no saltar por la ventana y entrar en la habitación. Saltó a la rama más próxima y se quedó observando.

Lucía entró a la carrera y encendió la luz. Alba lloraba, agarrándose con fuerza al osito de peluche que él le regaló en su segundo cumpleaños, con los ojos muy abiertos clavados en la puerta del armario.

— ¿Qué pasa, Alba?— Lucía se sentó en la cama y le acarició el pelo.

— Hay un monstruo en el armario— explicó la niña, abrazándose a ella.

— Ya te he dicho que no hay ningún monstruo, que sólo existen en los cuentos— Lucia intentó tranquilizarla y volvió a tumbarla en la cama—. ¿Quieres que lo compruebe de nuevo?

La niña asintió y Lucía se acercó al armario, abrió la puerta y miró dentro durante un largo rato.

— Lo que te decía: no hay nada— se acercó a la niña, sonrió y le dio un fuerte beso en la mejilla—. He mirado hasta en la última rendija. ¿Podrás dormir ahora?

— Sí, pero déjame la luz encendida.

Lucía se despidió de ella y salió de la habitación, dejando la luz encendida y la puerta entornada. Mikel cambió de posición en el árbol para mirar la otra habitación. Un hombre moreno y fuerte al que no conocía estaba sentado en la cama, fumándose un cigarrillo. Debía ser uno de los compañeros de trabajo de Lucía, aquellos que le mandaban todo el día chistes al móvil y que siempre estaban invitándola a tomar una copa a la salida. Ella siempre insistía en que aquello no significaba nada, pero él también era hombre y sabía perfectamente lo que significaba. Habían estado revoloteando alrededor de ella como buitres, esperando a que él la cagara y la dejara libre. Y aquel baboso lo había conseguido.

—¿Ya está?— preguntó el hombre, estrujando su cigarrillo contra el cenicero según Lucía entró por la puerta—. ¿Se va a poder dormir en paz alguna noche en esta puta casa?

—No te pongas así— le dijo ella, metiéndose de nuevo en la cama—. La niña lo está pasando muy mal con lo de su padre y con que tú vivas aquí ahora. Son muchos cambios.

—Su padre lleva tres años en la cárcel. Seguro que ni se acuerda de él— el hombre se tumbó y apagó la luz de la mesilla—. Un par de ostias bien dadas es lo que necesita para que se le pase tanta tontería.

Mikel esperó la respuesta airada de Lucía, pero no se produjo. Ella se limitó a meterse en la cama y apagar la luz, sin decir absolutamente nada para defender a su pequeña. Sintió que la furia crecía en su interior y tuvo ganas de matar a aquel desgraciado. Pero, en lugar de eso, volvió a acercarse a la otra ventana para contemplar a su niña.

Alba no dormía. Estaba sentada en la cama, mirando hacia la pared que conectaba con la habitación de su madre con una expresión muy triste. Seguramente lo había oído todo.

Mikel no pudo aguantarlo más y, de un salto, se plantó en el alfeizar. Alba giró la cabeza al oírlo aterrizar y, en cuanto le vio, una enorme sonrisa se dibujó en su cara. Siempre le habían encantado los gatos.

La niña salió de la cama y se acercó a la ventana despacio, intentando no asustarle. Él se mantuvo muy quieto y, cuando ella le puso la mano encima, ronroneó y se estremeció ante su contacto. Alba le cogió en brazos con esfuerzo y se lo llevó, dejándole con cuidado en mitad de la cama. Cuando ella se sentó, con las piernas cruzadas sobre la cama, él se subió encima para que ella lo abrazase.

—Eres un gato muy bonito. Ojala mi mamá y Jon me dejen quedarme contigo— le dijo la niña mientras le acariciaba la cabeza—. Te llamaré Hugo y podrás quedarte en mi habitación y yo te cuidaré. Puedo darte de comer y peinarte y hablar contigo y así siempre seremos amigos y nunca estaremos solos.

—Alba, ¿con quién hablas?

Desde la otra habitación se escuchó como Lucia volvía a salir de la cama, junto con una maldición entre dientes de su acompañante. Mientras los pasos de Lucía se acercaban a la habitación, Mikel pensó en volver a escapar por la ventana, pero algo le hizo quedarse quieto y esperar.

Lucía abrió la puerta y soltó un grito ahogado.

—Cariño, ¿qué es eso?

—Es mi gato. Se llama Hugo— explicó Alba, apretándole aún más contra su cuerpo—. Ha entrado por la ventana para quedarse conmigo.

—No puede quedarse aquí, Alba. No sabemos si tiene enfermedades o si te podría arañar.

—No araña. Es muy bueno y se deja tocar. Mira— Alba le achuchó y él se esforzó por poner lo que esperaba que fuese una cara de gato adorable—. Me va a cuidar para que no esté sola y no tenga miedo a los monstruos. ¿Puedo quedármelo, por favor, por favor, por favor?

—Lo hablaremos por la mañana— Lucia abrió el armario, sacó una manta y la colocó en el suelo, al lado de la cama—. Pero esta noche duerme en el suelo, hasta que lo llevemos al veterinario.

Lucía salió de la habitación y, en cuanto cerró la puerta, Mikel volvió a subir de un salto a la cama. Alba le abrazó contenta. Ella también había notado que su madre iba a permitir que se quedara.

Se tumbó al lado de su pequeña, restregando el morro contra sus mejillas hasta que se quedó dormida. La contempló durante horas, agradeciendo aquel regalo del cielo.

Le quedaban doce años de cárcel. Cuando saliese, ella tendría diecisiete y habría pasado toda la vida sin él, le habrían envenenado en su contra y pensaría que ya no le necesitaba, que no le quería en su vida. Su lugar habría sido ocupado por el hombre que ya había invadido su sitio en la cama de su esposa o por cualquier otro. Fuese quien fuese, ninguno la querría como él la quería, ninguno querría protegerla como él lo haría.

Las primeras luces del día empezaron a colarse por la ventana. Si quería volver antes de que se diesen cuenta en la cárcel, tenía que marcharse ya. Miró el cordón de plata, que se extendía durante kilómetros brillando tenuemente, marcando el largo camino hacia su cuerpo. Ya no le apetecía seguir aquel camino, había encontrado su sitio. Agachó la cabeza y cortó con sus colmillos el cordón de plata.

# 12. Desdoblamiento

Ana negó con la cabeza mientras mantenía la vista fija en la carretera. No podía creerse lo que le había sucedido. ¿Cómo podía haberse confundido de coche? Si el dueño del otro vehículo la hubiese descubierto, allí sentada, intentando sin éxito ponerlo en marcha y encender las luces, se habría muerto de vergüenza. A pesar de que se le escapó una sonrisa por lo ridículo de la situación, sintió que las manos que aferraban el volante le seguían temblando. Ya se había marchado de allí y por suerte nadie la había visto. Podía decirse que simplemente había sido una anécdota que contarles a los amigos en la cena del próximo viernes, pero sentía que había algo más. Desde el momento en el que, sentada en el otro coche, había visto el suyo a través del cristal, una sensación de inquietud se había instalado en su estómago y se resistía a abandonarla.

Echó la mano al asiento contiguo para sacar el paquete de tabaco. Removió el abrigo en el asiento, buscando su bolso, pero no logró encontrarlo al tacto. Desvió la mirada durante unos segundos de la carretera, buscándolo en el asiento o en el suelo, pero no estaba. No podía ser, tenía que estar ahí. La sensación de su estómago cobró nuevas fuerzas, pinchándola como si se hubiese comido un erizo vivo. Conectó las luces de emergencia y paró en la cuneta. Lo buscó de nuevo debajo de su abrigo, en los asientos de atrás… No estaba.

Tendría que volver al aparcamiento, buscar el otro coche e intentar colarse de nuevo sin que nadie la viese. Arrancó, aferrando con fuerza el volante para evitar el creciente temblor que la sacudía. Qué vergüenza. ¿Qué iba a decir si la descubrían? Intentó no pensar en ello y concentrarse en conducir lo más rápido posible.

Cuando sólo le faltaban unos metros para llegar a la entrada del parking, lo vio salir. Sí, estaba segura de que era ese coche, un Seat Ibiza rojo idéntico al suyo. Sin pensarlo un momento, se colocó unos metros por detrás de él dispuesta a seguirle hasta su casa. Tampoco era tan grave, si se lo explicaba bien el otro conductor no tendría por qué enfadarse, incluso podría considerarlo divertido. Después de todo, no había dañado el coche, ni le había robado nada. Se miró en el retrovisor. Melena castaña bien cuidada, un traje caro de color arena, pendientes de perlas… No tenía la apariencia de una ladrona de coches, sino de una mujer responsable y seria. El otro conductor no desconfiaría de ella ni se asustaría.

Se repitió esas razones una y otra vez mientras seguía al otro coche. Se internaron por la salida hacia Portugalete y, para su sorpresa, el otro coche aparcó en el mismo barrio en el que ella vivía. Mientras dejaba su coche en doble fila pensó, con una sonrisa en los labios, que tendría que tener cuidado de no confundirse de nuevo a la mañana siguiente. Bajó del coche y se acercó, sintiendo de nuevo aquella desagradable sensación de que algo no iba bien. La matricula del otro vehículo le resultaba familiar. 1578-BSR. 1578-BSR…

La puerta del otro coche se abrió y de él bajó una joven. Melena castaña bien cuidada, un traje caro de color arena, pendientes de perlas, expresión de desconcierto mientras contemplaba dos bolsos idénticos…

# 13. Sombras en las paredes

Recuerdo que la primera vez que vi una de aquellas figuras me pareció graciosa. Era el dibujo de un gato, negro y gordo, en la pared en la que se apoyaban unas escaleras. Daba la impresión de estar sentado en uno de los peldaños, tomando el sol, tranquilo. Lo miré durante unos segundos, sonreí, continué andando y lo olvidé. A pesar de trabajar para la policía municipal, nunca había considerado los grafitis como un acto de vandalismo.

Poco a poco, fueron apareciendo en diversos lugares de la ciudad: cerca de las paradas de autobús, en los subterráneos que cruzan las vías del tren... Y siempre el mismo dibujo: un gato. Más grande o más pequeño, negro o de colores, solo o en grupo, pero siempre gatos. Pensé que sería una gamberrada de alguien a quien le encantaban esos animales y seguí considerándolo algo gracioso y sin importancia.

Sin embargo, poco a poco, dejaron de parecerme tan simpáticos, sin saber al principio por qué. En mis rondas por la ciudad acabe dándome cuenta de que, al cabo de unos días, no había calle en la que no apareciese uno de esos dibujos. Era imposible que una sola persona estuviese dedicándose a llenar la ciudad. Pregunté a mis compañeros y, a pesar de que todos ellos habían notado su aparición, nadie había visto al autor de esas figuras.

Un día, esperando a un amigo fuera de la estación, me di cuenta de que algo extraño había sucedido. Solía haber decenas de gatos rondando por allí, escarbando en los contenedores de basura que estaban situados cerca de las escaleras. Ahora no se veía ninguno, sólo muchísimos de esos dibujos esparcidos por las paredes cercanas. Sentí que un extraño frío me invadía, como una premonición. Pero lo dejé pasar. Después de todo, ¿qué tenía que ver aquello conmigo?

Sin embargo, pocos días después, aquel extraño suceso pasó a convertirse en el núcleo central de mi trabajo. Empezó a llegar gente a comisaría, enfadados unos, asustados otros, denunciando todos el mismo hecho: alguien había entrado por la noche en sus casas y se había llevado a su gato, dejando a cambio un dibujo en la pared.

Aquello constituía un delito, así que pasamos los siguientes días investigando, acudiendo a las casas de los afectados para comprobar que ninguna puerta había sido forzada, que no se habían llevado nada más, que nadie les había visto. Mientras tanto, cientos de denuncias empezaron a acumularse en comisaría. La gente estaba cada vez más asustada y exigía que se hiciese algo. Así que lo hicimos.

Alquilamos un gran almacén a las afueras de la ciudad y pedimos a todos los ciudadanos que trajesen a sus gatos a pasar allí la noche. Si los criminales querían seguir con sus actividades, tendrían que hacerlo delante de nosotros. Al final del día, teníamos 1.157 gatos, cada uno en su caja, esperando para pasar la noche. Pronto nos dimos cuenta de que sería imposible permanecer vigilando dentro del almacén. Los gatos maullaban, lloraban, arañaban las cajas. Mis compañeros comentaron que debían estar nerviosos por estar fuera de su casa o que quizá el olor de las hembras les estaba poniendo histéricos, así que salimos a vigilar el almacén desde fuera. Salí el último y eché un vistazo a las caras de los gatos de las primeras filas. A mí me pareció que estaban aterrados.

Vigilamos fuera durante algunas horas, conscientes de que, mientras estuviésemos allí, los culpables no se atreverían a acercarse. Aunque sofocados por las paredes, los maullidos de los animales seguían volviéndonos locos. Y entonces todo cesó y sólo quedó el silencio.

Entramos corriendo para encontrarnos con las cajas vacías. No quedaba ni uno solo de los animales, sólo sus sombras dibujadas en las paredes. Las puertas no se habían abierto, no había habido tiempo para que nadie dibujase todo eso. Pero había sucedido: en un instante estaban, al siguiente, no.

Mientras mis compañeros intentaban encontrar una explicación para todo aquello, yo me dediqué a contar los dibujos de las paredes: 1.157.

En los siguientes días recibimos algunas denuncias más de la gente que había preferido no llevar sus gatos al almacén. Seguían desapareciendo, aunque sus dueños se quedasen velándoles toda la noche. Bastaba una pequeña cabezada, una visita al baño, una mirada hacia otro lado para que el animal desapareciese y sólo quedase uno de aquellos dibujos como recuerdo.

Poco a poco las denuncias fueron espaciándose, hasta que un día ya no hubo más y nos quedó claro que ya no quedaba ningún gato en la ciudad. Pasaron los días y las cosas volvieron a la normalidad. Parecía que, una vez conseguido su objetivo, el misterioso dibujante se había quedado tranquilo.

Pero desde esta mañana sé que no es así. Creo que voy a dejar esta ciudad. Al salir de mi ascensor he visto, en una de las paredes de mi portal, el dibujo de la figura de un hombre. Se parece muchísimo a mi vecino del cuarto izquierda.

Hay una escena en la novela de Peter Pan en la que Campanilla le explica que, cada vez que un niño dice no creer en las hadas, una de ellas cae muerta y que, por esa razón, cada vez quedan menos. Ante esa revelación, Peter Pan se dirige a todos los niños lectores y les pide que, si creen, lo demuestren mediante sus aplausos, para así poder salvar la magia del mundo. Me leyeron esa escena con ocho o nueve años y, si no aplaudí como una loca, es porque estábamos en medio de clase y me habría ganado una fama de friki que no me habría quitado hasta terminar el instituto. Pero juro que tuve ganas de aplaudir, de demostrarle al mundo que yo sí creía en la fantasía.

Os estaréis preguntando por qué os cuento esto. Bueno, yo no soy un hada ni nada que se le parezca (de hecho, soy un poco bruja) pero, como todos los escritores, necesito saber que mis lectores creen en mí, que hay alguien al otro lado que se está dejando llevar por mis historias, que durante un momento una persona, en cualquier parte del mundo, ha dejado de lado su vida cotidiana para sumergirse en los mundos que yo he creado.

No os voy a pedir que aplaudáis, tranquilos. Lo único que pido es un comentario, un eco de respuesta. Para ello, podéis contactarme de cualquiera de estas formas:

En Twitter: @Idaean

En facebook: https://www.facebook.com/gemmaherrerovirto2

En mi página web: www.gemmaherrerovirto.es

En mi blog: http://idaean.wordpress.com/

Os dejo también los enlaces a mis novelas, por si todavía no os habéis aburrido de leerme y queréis acompañarme un rato más. Espero que disfrutéis de la lectura de mis obras al menos una pequeña parte de lo que yo he disfrutado escribiéndolas. Un abrazo,

Gemma Herrero Virto

# NOVELAS

LA RED DE CARONTE
GEMMA HERRERO VIRTO

OJO DE GATO
GEMMA HERRERO VIRTO

ZHLAN
GEMMA HERRERO VIRTO

VIAJES A EILEAN
INICIACIÓN
GEMMA HERRERO VIRTO

VIAJES A EILEAN
ARCANOS
GEMMA HERRERO VIRTO

VIAJES A EILEAN
LA LEY DE LO TRIPLE
GEMMA HERRERO VIRTO

Made in the USA
Monee, IL
12 July 2026

56737624R00093